August Wilhelm Iffland

Albert von Thurneisen

Ein bürgerliches Trauerspiel in 4 Aufzügen

August Wilhelm Iffland

Albert von Thurneisen
Ein bürgerliches Trauerspiel in 4 Aufzügen

ISBN/EAN: 9783743652163

Hergestellt in Europa, USA, Kanada, Australien, Japan

Cover: Foto ©Andreas Hilbeck / pixelio.de

Albert
von
Thurneise
ein bürgerliches Trauerspiel
in vier Aufzügen.

Von

Wilhelm August Iffland.

Aufgeführt auf dem privilegirten Stadtkölner Theater
von der Böhmischen Schauspielergesellschaft.

Köln am Rheine,
In der J. A. Imhofschen Buchhandlung
1786.

Personen.

General von Dolzig.

Sophie, dessen Tochter.

Louise, ihre Nichte.

Graf von Hohenthal.

Baron von Thurneisen.

Ein Adjutant.

Ein Major.

Der Sekretär des Generals.

Karl, Bedienter des Generals.

Friedrich, Bedienter der Fräulein.

Ein Soldat.

Offiziere.

Erster Aufzug.

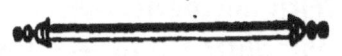

Erster Auftritt.

Der General (sitzend, mit einer Brieftasche beschäftigt) Der Sekretär (tritt ein)

Sekretär. Hier Ew. Excellenz ist mein ohnmasgeblicher Plan zu unserem morgenden kleinen Feste.

General. Aha! — (nachdem er ihn durchgesehen) Gut — — recht gut! — — Ich weiß, er ist der Mann, es eben so geschickt auszuführen, als gut es da entworfen ist. Aber doch — hüt' er sich — lieber Gott! jede Kleinigkeit des morgenden Tages ist mir wichtig. Ich weiß es nun so gewiß, er wird seine Sachen gut machen — und doch möcht ich bey jedem Schritt ihm zurufen: hüt' er sich dafür, hüt' er sich dort für! — (wieder lesend, nachher) Daß ja kein Bedienter weiß wozu, oder warum! — Daß alles ungewöhnliche Gelaufe vermieden wird! Hört er?

Sekretär. Sorgen sie nicht, ihr Excellenz. Ich sah die liebe Sophie heran wachsen. Ich fühle so hier (auf das Herz deutend) auch wohl wie dem Vater zu Muthe seyn muß, der sein einziges Kind so glücklich überraschen kann. Ich zerriß manchen Plan, eh' es herauskam wie ich es haben wollte. Aber nun glaub ich, ist es so recht — so für sie und für Braut und Bräutigam.

General. Recht brav! Recht! — — — Und hör, die Musik die du angebracht hast — das war in meiner

meiner Seele gelesen. Es wird ein herrlicher Tag — so ganz ein Tag wie der, wo ich meine Karoline heyrathete. Es war auch ein frommes, fröhliches Fest, das! weist du noch?

Sekretär. Ich weiß! — Und daß ich der Tochter Hochzeit mit begehen kann, das macht mich ordentlich wieder so jung, als ich war, da ich vor 30 Jahren der Mutter Hochzeitsfest anordnete.

General. Braver Alter! Geh — sey behutsam; laß dir deine Freude keinen Streich spielen; ich will zu Zeiten hinunter kommen zu dir, damit ich mich an deiner Geschäftigkeit laben kann.

Sekretär. Ihr Excellenz das würde Argwohn geben.

General. (ihm seine Uhr gebend) Hast die Wette gewonnen.

Sekretär. Ihr Excellenz —

General. (ihm den Plan gebend) In mein Kabinet! Leg das auf meinen Schreibtisch, und fertige die Schrift aus, wovon du das Koncept finden wirst. (Sekretär geht ab)

Zweyter Auftritt.

General. Adjutant.

General. (steht auf) Guten Morgen! Guten Morgen! Wie stehts?

Adjutant. Ihr Excellenz, wie gestern; alles ruhig! In der That haben die Operationen der Feinde gegen uns, so wenig das Ansehen der Belagerung, daß es wirklich scheint, als ob sie draussen im Lager mehr auf ihr Vergnügen als auf unsern Untergang dächten. Doch hat man heut unter ihnen mehr Bewegung wahrgenommen, als diese Zeit her.

General. Wer weiß nach welcher unbegreiflichen Politik

litik die Leute so handeln müssen. — Immerhin! Kommen sie nicht — so haben wir Ammunition genug, es abwarten zu können, wie lange sie müßig unsre Wälle anschauen wollen — Kommen sie — auch gut! wir sind gerüstet, sie zu empfangen.

Adjutant. Noch hab ich Ew. Excellenz zu melden, daß bey dem äusserſten Vorposten am Wasser, der Lieutenant von Hans, Krankheits halber hat abgelößt werden müssen.

General. So? — doch nicht gefährlich krank?

Adjutant. Man glaubt nicht —

General. An wem steht das Kommando?

Adjutant. An dem Lieutenant von Thurneisen.

General. Baron von Thurneisen? Ah! in guten Händen! — im Vertrauen gesagt — in bessern Händen als vorher. Schlaf ich desto ruhiger — — Sonst nichts vorgefallen?

Adjutant. Sonst nichts.

General. Gut. Helfen sie mir fein ein wachsames Auge haben, daß alles in der Vestung ordentlich zugehe. Ich bin sehr zufrieden bis daher. Sehr zufrieden!

Adjutant. Sehr wohl, ihr Excellenz. (ab)

Dritter Auftritt.

Der General, dann Karl.

General. Mögen sie machen, was sie wollen, die Feinde — nur mein Fest morgen sollen sie mir nicht stören. — Und wenn denn nun auch — wenn auch! Hier mitten in der Stadt können uns ihre Kugeln nicht erreichen; und träfe mich eine, da — wo ich ihr entgegen muß — — — wie Gott will — ist doch meine Sophie versorgt!

Karl. Der Herr Graf von Hohenthal —

 Gene-

General. Ich erwart' ihn. (Karl geht ab) Der Bräutigam — — Alter, verrath' dich nicht!

Vierter Auftritt.

General. Graf von Hohenthal.

Graf. Ich hoffe gelegen zu kommen.

General. (küßt ihn) Von Herzen? von Herzen! — Ey, und sie sehen immer noch so traurig drein? munter, mein Sohn, munter — —

Graf. (seufzt)

General. Gar ein Seufzer — I! worüber denn?

Graf. Ueber das Verhängniß; über alle die Schrecken, die uns umgeben, die mich hindern sie Vater zu nennen.

General. Beruhigen sie sich. Daß Sophie sie liebt, nun — das wissen sie; daß die Verzögerung ihrer Verbindung ihr so sehr zu Herzen geht als ihnen, das sagt ihnen die traurige Mine womit sie seit drey Monaten herumschleicht. Verlobt seyd ihr ja. Es ist mir ärgerlich genug, daß vor der Belagerung die Unpäßlichkeit des Mädchens eure Ehe verschob; wäre das nicht gewesen, ihr säßt als zärtliche Eheleute ruhig auf meinen Gütern, und ich hätte euch nicht mit in meine Verhängniße gezogen — Nun müßt ihr freylich schon mit mir aushalten.

Graf. Aushalten heissen sie's, was uns leichte angenehme Pflicht ist? — In jedem Fall würden Sophie und ich, unsern theuern Vater nicht verlassen haben.

General. Es thut mir leid, daß ich ihnen keine bessere Hofnung geben kann — aber auf Entsatz dürfen wir nicht leicht rechnen, da man weiß, wie gut wir versehen sind; und es scheint, der Feind habe so viel langweilige Geduld, als wir Muth und Beharrlichkeit — da könnt' es dauern, bis sie uns auf den Wällen die

Hände

Hände hielten, und sagten uns ins Ohr: hört auf zu fechten. — Das wäre denn nun wohl ein feines Weilchen. — Hängst den Kopf, armer Verliebter! Wollt' ich könnt' dir bessern Trost geben — Aber es ist nun nicht anders.

Graf. Das bekümmert mich! — — Mehr aber noch der schreckliche Gedanke sie verlieren zu können. — Ich beschwöre sie, übergeben sie sich nicht so der Gefahr. Ihr Leben ist zu sehr in unser beyder Leben verwebt, als daß sie sich ohne Verantwortung ihrem Muth überlassen dürften. Geben sie meiner kindlichen Bitte Gehör.

General. Ich will mich schonen, so viel es mit Ehre und Pflicht bestehen kann. Das will ich, mein Sohn. — — Ich wollte, ich könnte ihnen beßre Hofnung zu ihrem geschwindern Glücke machen! — Noch so lange hin! — gleichwohl scheinen sie mir so ungeduldig —

Graf. Ich schiene es nur — O lieber Gott!

General. (drückt ihm die Hand) Sie müssen nicht an dem Worte hängen bleiben. — Nein, sie sind es, das weiß ich. Ich kenne sie, Graf! und wären sie nicht der Mann, der meine Sophie ganz glücklich machen kann — wahrhaftig sie hätten sie nimmermehr erhalten. Aber sie können und werden es. Ich hab' sie so lieb, meine Seele hieng von jeher so an ihnen — (mit einer Art Enthusiasmus) und wären sie nie der Mann meiner Tochter geworden, so würde ihr Verlust mir so bitter seyn, als Sophiens ihrer. — — In dem Augenblick wo ich sah, daß eure Herzen sich liebten, da wurde mir meine Gattin durch meine Kinder wieder gegeben. Ich bin nicht im Irrthum mit ihnen; denn was sie in meiner letzten Krankheit thaten, das kann nur der Sohn um den Vater thun. Ich bin gewiß, ich wäre darauf gegangen; aber die Wollust, zwey der edelsten Geschöpfe Gottes so um mich trauern zu sehen, der Wunsch, euch für eure Leiden zu lohnen, gab mir ächte Jugendkraft (seine Hand ergreifend) Und mit der ganzen Kraft will ich des seligen Augenblicks genießen, wo ihr euern Hochzeittag feyert.

 Graf.

Graf. Hochzeittag? — O Gott der ist —

General. Der ist — der ist — morgen!

Graf. Morgen? morgen? — — — oder prüfen sie mich, ob ich diese Freude auch so empfinden werde, wie ich sie vorhin vermißte?

General. Das wär ein bitterer Scherz. Morgen! Troz Feind und Belagerung: morgen!

Graf. Dank Vater! bester Vater, tausend Dank! O Sophie, zu dir —

General. St! — noch nicht —

Graf. Kann ich mich doch kaum darein finden, so überwältigt mich der Gedanke, meine Sophie in einigen Stunden zu besitzen.

General. Hör Junge, ich könnte dir gram seyn! du verdirbst mir meinen Plan. Hast mir mit deinem Seufzen und Trauern mein Geheimnis abgelockt —

Graf. Geheimnis?

General. Ja, Sophie weiß nichts. Soll auch bis morgen nichts davon wissen.

Graf. Soll auch nichts davon wissen? Dann darf ich nicht zu ihr gehen. — Würd' ich sie sehen können ohne mich zu verrathen? — Bis morgen? — O! es ist eine Ewigkeit, dieses bis morgen!

General. Freylich wohl! und wenn du nicht kommst, würd' es ihr auffallen — ich sag' es ja, meinen ganzen Plan hast du verdorben — Nun — — — meinetwegen geh hin, sag' es ihr — Richte es ein nach deiner Weise. Wirst sie wohl noch weniger warten lassen, als ich dich.

Graf, (schnell sich losreißend) Ich eile —

General. Nicht so; erst hier herein (aufs Kabinet deutend) sage es dem alten Mentor selbst, wie du's angefangen hast, mich um mein Geheimnis zu bringen. Deine Freude mag ihn entschädigen, für die vergebliche Mühe an seinem Plane, euch zu überraschen. Das muß

itzt

itzt geschehen, (ihn sanft an sich ziehend) denn, wenn ihr euch erst gesehen habt, möchte nicht viel mit euch anzufangen seyn.

Graf. Ich muß ihnen gehorchen.

General. Aber ich möchte für mein Leben gern ungehorsam seyn. Nicht wahr? Hinein! — zur Strafe, daß du einen alten Soldaten zum Schwätzen verleitet hast! (Beyde ins Kabinet ab)

Fünfter Auftritt.

Sophiens Zimmer.

Sophie und Louise.

(Auf einem Tisch im Hintergrunde liegt ein Buch, mit einigen Papieren. An der Wand hängt die Silhouette des Grafen.)

Louise. Es ist doch auch heut gar nichts mit dir anzufangen. Ich lese dir vor, du weinst entweder bey jedem Worte, oder lächelst, daß es trauriger ist als weinen. Ich erzähle dir Geschichtgen die zu jeder andern Zeit dich muthwillig lachen gemacht hätten, da fragst du mich, wenn ich auserzählt habe, wie? — so? — warum? —

Sophie. Alles das, dessen du mich beschuldigest, gute Louise, das sind deine Grillen — Gespenster, die ausser dir niemand sieht; glaube mir.

Louise. Ich will es glauben — es muß also an mir liegen, daß von allen meinen Mitteln dich aufzuheitern, heute keins anschlagen will. Ich habe dir vorgespielt, gesungen, gelesen — alles umsonst! — Laß uns einen andern Zeitvertreib wählen. (geht in den Hintergrund des Theaters) Ah! sieh da! — Deine Silhouettensammlung. (sie besieht einige) Die gute Fräulein Burgdorf. Sie würde froh seyn, wenn sie en face

 nur

nur der zehnte Theil dessen wäre, was ihr Profil verspricht — Der Kriegsrath Schmidt — ganz so drollicht wie seine Laune — der starke Vorkopf — die kurze Nase — ein sonderbares Gesicht! — à propos, wenn wir unsre Silhouetten mustern, so ist eine die dir besonders auffallen muß, dann — sey's das leidige Ohngefähr, oder will es meine Sophie so, sie fällt dir immer zuerst in die Hände und wird zuletzt weggelegt. — Wo ist sie denn? (suchend) Ah, da haben wir ihn! — (geht zu ihr) — Sophie, wer ist das?

Sophie. (etwas verlegen) Der Baron von Thurneisen —

Louise. Mußt du die Augen niederschlagen, um mir zu sagen, wer das ist?

Sophie. Ich wüßte nicht, warum ich bey dem Anblick dieser Silhouette die Augen niederschlagen sollte.

Louise. Bey dem Anblick? Mädchen, man muß keiner Dinge erwähnen, wornach der Richter nicht fragt. Gib acht, du verwickelst dich in deiner Aussage.

Sophie. Im ganzen Ernst, ich begreife dich nicht.

Louise. Nicht? Sieh mich an.

Sophie. Nun — —

Louise. Gewiß nicht? (ernsthaft) Dann laß uns von einer Materie abbrechen, die meiner Sophie zu dunkel ist. (sich wieder mit der Silhouettensammlung beschäftigend) Wir müssen auf Zuwachs denken, haben lauter Alletagsgesichter in unsrer Sammlung.

(Auf die Silhouette des Grafen zeigend, die an der Wand hängt. Nimmt sie von der Wand, und hängt dafür die des Barons hin)

Sophie. (geräth darüber in große Verlegenheit).

Louise. Nur zur Veränderung — denn dies hier schien alltäglich, wo nicht gar überlästig geworden zu seyn. Sonst verlohr sich dein Blick immer hieher. Ich konnte stundenlang immer mit dir ununterbrochen plaudern.

dern. Unruhig bist du itzt auch noch, wie sonst; aber du suchtest diese Unruhe nicht hier zu verlieren.

Sophie. Würd' ich sie nicht doppelt wieder finden, dort wo sie entstand?

Louise. (auf den Baron zeigend) Dort wo sie entstand. (dann ihr die Silhouette des Grafen dicht vorhaltend) Sophie! Sophie! —

Sophie. Wahrhaftig, ich weiß nicht was du willst.

Louise. (schnell ihre Hand ergreifend) Durch freundschaftliche Unbarmherzigkeit ein Geheimnis dir ablocken, dessen Verbergung dich drückt — und dann durch den thätigsten Antheil beweisen, wie sehr ich deine Freundin bin.

Sophie. (in äusserster Verlegenheit bey Seite) Gott! Gott! (laut) Du mißbrauchst meine Geduld — machst mich im Ernst böse.

Louise. Böse? Nein; das will ich nicht; lieber will ich das härteste leiden — dich leiden zu sehen — und schweigen — schweigen, bis ein günstiger Augenblick mir dein Zutrauen gewähret. Aber du bist doch auch nicht mehr böse? Sag! —

Sophie. Nein doch, nein, ich bin nicht böse.

Louise. Darf ich dir einen Vers vorlesen, den ich neulich in einem Buche fand, und der seitdem mein Lieblingsgedanke geworden ist? Denn sieh! eher glaub' ich nicht, daß du mir gut bist — darf ich? (Geht das Buch zu hohlen)

Sophie. Schwätzerin. (während Louise das Buch hohlt, erhohlt sie sich von ihrer Verlegenheit)

Louise. (liest)

O Freundschaft erstgebohrnes Kind
Des liebevollesten der Wesen!
Süß, wie die Träume vom Genesen
Dem hoffnungsvollen Kranken sind.
O dieses Lebens Labirinth
Was wär es ohne dich? —

Sophie. Sie sind schön! Ich danke dir, liebes Mädchen!

Louise. Warum willst du mir nicht beweisen, daß sie dir auch wahr sind? — — Es war eine Zeit, wo wir so froh, so heiter waren. Liebe! zu meiner Beruhigung sage mir nur, diese Zeiten werden wieder kommen — nur das — und ich bin zufrieden.

Sophie. Sey zufrieden — sie werden wieder kommen — müssen wieder kommen, diese Zeiten, oder deine Sophie wär' auf ewig unglücklich.

Louise. Unglücklich? und ich soll zufrieden seyn? soll nicht auf die Entdeckung des Geheimnißes dringen, das dich unglücklich macht?

Sophie. Du hast keinen Kummer — dein Herz ist frey von jeder Leidenschaft — du würdest mich bedauern, weil du ein gutes Mädchen bist. — Aber du würdest nicht mit mir fühlen; oder du würdest zu viel fühlen, und so hätte meine Entdeckung zwey Unglückliche gemacht. Mein Stillschweigen wird dich weniger beunruhigen. Glaube mir.

Louise. Ich fürchte das Aergste für deine Ruhe. — Bin dessen beynahe gewiß. Nun sag: kann deine Entdeckung mich noch mehr leiden lassen, als diese Ungewißheit, daß es noch etwas ärgeres giebt? — Du sagtest deinem Vater gestern, du würdest die Heiterkeit wieder annehmen, die dich so bezaubernd machte, arme Sophie — du leidest mehr als du weißt — du versprachst mehr als du halten kannst. Erleichtere dein Herz durch eine Entdeckung.

Sophie. Gott! — ich kann nicht — ich kann nicht!

Louise. Ich bitte dich, unterscheide die ängstliche Besorgnis um deine Ruhe von vorwitziger weiblicher Neugierde. Sophie, ich bitte dich — bey der Freundschaft die vom Flügelkleide an, bis zu diesem Augenblicke unsre Herzen vereinigte, ich bitte dich, verkenne mich und meine Absicht nicht. —

Sophie.

Sophie. (wendet sich weg)

Louise. Du wendest dich weg? that ich denn etwas um deines Zutrauens unwürdig zu seyn?

Sophie. Laß mich! quäle mich nicht! dringe nicht auf die Entdeckung eines Geheimnißes worüber du mich hassen — verachten wirst. Ueberlaß mich meinem Schicksale.

Louise. Soll ich meine Bitten wiederhohlen? O laß mich es doch nicht bloß der Zudringlichkeit zuschreiben müssen — — was ich der Freundschaft so gerne verdanken möchte.

Sophie. Nun wohl! — so wisse — daß ich — aber du wirst die unglückliche Sophie nicht mehr lieben. Verachten wirst du mich, die in einem einzigen unglücklichen Augenblicke das Opfer einer wüthenden Leidenschaft werden konnte — — (lange Pause) Ich ward mit dem Grafen auferzogen, dies machte mir in der Folge seine Gesellschaft angenehmer als der übrigen jungen Leute die sich nachgehends um mich bewarben; wir wuchsen heran, mein Vater wünschte unsre Verbindung. Ich betrachtete nun den Freund als meinen Liebhaber, und ich gesteh' es, manche liebenswürdige Seite, mancher große Zug seines Karakters, die ich an dem Freunde blos bewundert hatte, die Zärtlichkeit, womit er mich liebte, machte mir in der Folge ihn immer — interessanter. Ich liebte ihn. Dem Zeitpunkt unsrer Vereinigung sah ich gern entgegen. Allein —

Louise. (mit äusserster Theilnahme) Fahre fort, Liebe! und wenn dein Muth und das Zutrauen dich verlassen, so erinnere dich, daß ich in keinem Vorfall meines Lebens aufhören kann, dir das zu seyn, was ich bis daher war.

Sophie. (ihr um den Hals fallend) Louise! wo nehm ich die Fassung her, dir mein Unrecht von seiner Entstehung an zu erzählen. (lange Pause, in der sie ihren Schmerz zu unterdrücken und sich zur folgenden Erzählung zu sammeln sucht) Während des Besuchs den du vor einigen Monaten bey der Tante ablegtest, wurde ein Soldat durch die unnatürliche Begegnung seines Obern gereitzt im edlen Unwillen gegen ihn zu ziehen. Alles liebte den Unglücklichen, alles bedauerte ihn; die unerschütterlichen Gesetze — verdammten ihn. Die Bitten seiner sehr guten Familie, vereinigt mit denen der Vornehmsten aus unsrer Gegend, konnten nichts wirken, als daß er vom Tode frey gesprochen, aber mit einer Strafe belegt wurde, die ihn den Tod desto herber fühlen ließ. Ueberstand er sie, so trug er ein elendes Leben davon. Alles bat, hofte Gnade, bis zum letzten Augenblick. Du kennst den Antheil den mein empfindsames Herz an dem Schicksale jedes Unglücklichen nimmt. Fruchtlos hatt' ich alles für ihn angewandt. Indeß nahte sich die schreckliche Stunde; auf Antrieb meines eignen Herzens, betäubt von den Bitten der Freunde, dem Schmerze der Mutter des Unglücklichen, wagte ich zum zweytenmal die Begnadigung des Unglücklichen fußfällig von meinem Vater zu erflehen. Er hob mich mit Wehmuth auf. Begnadigen konnt' er nicht, er wollte mich durch Aufschub beruhigen und entfernen. Indem hör' ich das schreckliche Zeichen zur Strafe des Unglücklichen — mit blutendem Herzen wollt ich mich in dem abgelegensten Winkel verbergen: auf einmal hör ich ein allgemeines Getöse — Hofnung ließ mich einen Augenblick im Zimmer verweilen, dann war eine Todesstille, ich hör ein Pferd im Galopp daher sprengen, eine Stimme ruft: Gnade! Gnade! — O es war für mich die Stimme eines Engels! — das Volk wiederhohlte es mit Jauchzen. — Ich fliege ans Fenster, ich sehe einen jungen Officier athemlos, bestäubt, mit zerstreutem Haar, in einer Hand den Zügel seines keuchenden halb todten Rosses, in der andern das begnadigende Papier, zu seinen Füßen den Unglücklichen, zu diesem gräßlichen Auftritt entkleidet in Thränen des Dankes zerfliessen. Alte Krieger weinten im Gewehr, alles umringte ihn und überhäufte ihn mit Lobe. Ich sah ihn, sich bescheiden los machen, mit

der

der edeln Miene die dem ruhigen Bewußtseyn einer großen That eigen ist. — Er blickte auf — — es war ein Blick — O daß ich ihn nie gesehen hätte! — Gottlob! daß es mir gelungen ist, den Unglücklichen zu erhalten! — Die bescheidene Größe womit er das sagte — rührte mich tief — Er verließ den Platz; frohlockend, jauchzend folgte ihm das Volk; mein Dank, meine Thränen — und, was ich damals nicht wußte — meine Liebe auf ewig. — (lange Pause) Des andern Tages sah ich ihn bey meinem Vater, der ihn sehr gütig aufnahm. Hier erfuhr ich, daß, sobald der Baron von Thurneisen das Schicksal dieses unglücklichen Soldaten sah, sprengte er ohne jemandes Wissen in die Residenz, drängte sich durch alle Wachen, durch alles Zeremoniel gerade zum Fürsten, bat mit einnehmendem Eifer um die Befreyung des Verurtheilten. Der gütige Fürst, überrascht von dem Betragen des edlen Jünglings, gestand sie ihm zu. — Ich danke ihm so gern, so wortreich für seine That, daß ich ihn und mich in Verlegenheit setzte. — Ich sah ihn in der Folge in einigen Gesellschaften; fand, daß sein Kopf seinem Herzen nichts nachgab. Ich sah ihn gern — so gern, daß es mich befremdete; mißvergnügt machte, wenn ich ihn zu Zeiten nicht fand.

Louise. O daß du in diesen Augenblicken nicht der Ursache deines Mißvergnügens nachforschtest!

Sophie. Konnte ich das, da ich noch nichts von Liebe argwohnte? Ich hielt' alles das blos für Achtung, Freundschaft höchstens. Es fiel mir so wenig auf, daß ich den Grafen weniger liebte, daß ich dem Verlangen meines Vaters, unsre Verlobung zu beschleunigen, nachgab. Du weißt die Unpäßlichkeit, die mich bald darauf überfiel, und unsre Verbindung hinderte. Während dessen sah ich den Baron oft in Gesellschaft des Grafen bey mir. Ich sah ihn — ich — o! laß mich meinen Schmerz nicht vergrössern, durch die Erzählung meines Zustandes, bis dahin, wo ich mir mit Schrecken gestand, — ich liebe ihn. Groß war der Kampf zwi-

schen

schen dem Triebe meines Herzens, den Baron zu lieben, und zwischen der Pflicht den Grafen zu lieben. Ich nahm mir oft vor, wider meine Wünsche zu kämpfen, allein ein Blick von ihm, vernichtete jeden guten Vorsatz, machte daß ich es mir immer öfterer, immer lieber gestehen mußte — ich liebe ihn — ich sah, daß in seiner Seele das nämliche für mich vorgieng; nun freute ich mich meines Verraths, mit Entzücken gestand ich mirs — ich liebe ihn. — Eines Abends fand ich ihn ungewöhnlich finster. Er zwang sich heiter zu seyn. Mitten im Gespräch antwortete er verkehrt auf alles. — Guter Albert, woher? warum das alles? sagte ich. Er warf sich zu meinen Füßen; mit einem Feuer das mich erschreckte, sagte er mir: Sophie, ich liebe sie! Ich kann sie nicht besitzen — aber sagen muß ichs ihnen; sie werden mich bedauern, das ist Trost genug für mich. — Ich hatte nicht Kraft zu reden, aber jeder Athemzug, jeder Pulsschlag sagte stark und mächtig: Albert, ich liebe dich. Besorgnis und Bescheidenheit ließen ihn das mißdeuten. Leben sie ewig wohl, rief er mir zu; und so verließ er das Zimmer.

Louise. Und seitdem hast du ihn nicht gesehen?

Sophie. Er überließ mich der äussersten Verzweiflung. Ich liebte ihn so unaussprechlich, als je ein Mädchen geliebt haben kann. Der Graf schrieb die Schwermuth, in welcher er mich immer fand, meiner Krankheit zu. Der Graf! — O ich sah nun wohl, daß es nicht Liebe war, was ich bisher für den Grafen empfunden. Freundschaft war es. (mit Eifer) Die wird es bleiben, so lang ich denken kann. Aber mehr war es nie, — wird es, kann es nie seyn!

Louise. Und der Baron — hast du? —

Sophie. Hör meine ganze Schwachheit: ich schrieb ihm zuerst mein Geständnis. Sah' ihn — sah ihn seitdem sehr oft in Gesellschaft und allein.

Louise. Unvorsichtige — unglückliche Sophie!

Sophie. Meine Verlobung mit dem Grafen war auf

Befehl

Befehl meines Vaters jedermann verheimlichet worden, auch weißt sie Albert noch nicht; ich hofte einen glücklichen Zeitpunkt, wo das Schicksal sich für den Baron erklären könnte. Meine Liebe, die ausgezeichneten Verdienste des Barons, machten mich kühn. Von dem Grafen selbst erwartete ich alles, was meinen Vater meiner Liebe geneigt machen könnte. In einem Augenblick wo Hofnung, Liebe, Verzweiflung wechselweise sich meiner bemeisterten, in dem unseligen Augenblick schwuren wireinander ewige Liebe.

Louise. (schnell aufspringend) Um Gottes willen!

Sophie. Nun Louise, wenn du ein Geschöpf kennst, das von allen Seiten mehr geängstigt, von allen Verhältnißen mehr bestürmt ist, als ich, so nenn' es mir — und ich will dann lächeln und sagen: ich leide gar nichts.

Louise. Arme Freundinn! wenn auch meine Vernunft deiner Leidenschaft ihren Beyfall versagen muß, so wird dir mein Herz Mitleiden, Trost, und ich verzweifle nicht daran, Hülfe — desto williger gewähren.

Sophie. Still! Gott! ich höre kommen — wer es auch seyn mag, geh ihm entgegen, halt ihn ab — nur eine Minute — daß ich mich fassen kann.

(Louise geht ab)

Sechster Auftritt.

Sophie. Hernach der Graf.

Sophie. (trocknet sich die Augen: geht einigemal auf und nieder. Nimmt dann ein Buch und sezt sich)

Graf. Sie hätten Ursache mit mir zu schmälen. Denn wirklich, ich bin eine Stunde im Hause und war noch nicht bey ihnen.

Sophie. Schon eine Stunde?

Graf. Eine ganze Stunde. Ich war bey unserm guten Alten, und kann ihnen sagen, daß ich heute diese

Stunde sogar lieber bey ihm, als bey ihnen zugebracht habe. Ja, und sie dürfen — können doch nicht darüber schmälen. Indessen wissen sie wohl, daß es mir unmöglich gewesen seyn würde, das auszuhalten! Hätt' ich nicht schon die frohe Nachricht erhalten, daß sie sich heut ungewöhnlich wohl befänden — ob ich gleich, so wie ich sie finde, meine Beste, dieser Nachricht nicht trauen sollte.

Sophie. Warum das nicht, lieber Graf?

Graf. Weil ihr Befinden mir gerade das Gegentheil dieser Nachricht zu seyn scheint — weil sie gütig genug sind, meine Besorgnis zu schonen, und mir diejenige Nachricht ihres Befindens geben, wovon sie wissen, daß ich sie so sehnlich zu hören wünschte.

Sophie. Wirklich, sie thun mir Unrecht, Graf, ich bin wohl, recht wohl, nur —

Graf. Nur? —

Sophie. Bin ich etwas schwermüthig; und die Ursache davon —

Graf. Ist?

Sophie. (ihm ein Buch gebend) Die sie hier sehen.

Graf. (ließt den Titel) Erst halb ausgelesen? Doch bitt' ich um eine Gefälligkeit. Sophie —

Sophie. Nun, und welche, lieber Graf?

Graf. Daß ich ihnen dieses Buch, und alle andre, die meine liebe Sophie in so schwermüthige Laune versetzen, nehmen, und mit andern vertauschen darf. — Darf ich? —

Sophie. Möchten sie doch etwas gebeten haben, das ich mit wenigerm Eigennutz von meiner Seite hätte verwilligen können — Fast glaube ich, daß das empfindsame Fieber auch mich ergriffen hat; — so wenig kann ich mir diese Lektüre versagen. — Doch sollte ich das, da ich meine Empfänglichket für die Schwermuth und die Lebhaftigkeit meiner Einbildungskraft kenne —

Graf.

Graf. Sophie — — ich habe sie mit der Nachricht von meinem bestätigten Glück zu überraschen! Wie glücklich wäre ich, wenn sie ihnen nur halb die Freude verursachte, die mich ganz entzückt! —

Sophie. Es betrift sie? — und sie zweifeln? —

Graf. Nein! Aber ich sehnte mich stolz nach dem süßen Vergnügen vorher von ihnen zu hören, was sie mir ehedem oft gestanden. Hören sie denn mein Glück; und ihre Freude bestätige es mir, daß ich der beneidenswertheste Mensch in der Schöpfung bin — Der zärtlichste, beste Vater, hat unsre Vereinigung auf morgen bestimmt.

Sophie. (springt auf) Auf morgen? —

Graf. Ja, auf morgen.

Sophie. Das ist schnell! (sezt sich) würde nicht? — (sucht ihre Bestürzung zu verbergen) indeß —

Graf. Sophie! was ist ihnen?

Sophie. Nichts — nichts! Nur sehen sie selbst wohl, wie sie mich überrascht haben.

Graf. Ich seh es ja — Aber ich begreife nicht wie ich sie in diesem Grad überraschen konnte. Überhaupt — lassen sie mich aufrichtig seyn. — Sie nehmen diese Nachricht gar nicht so auf wie ichs wünschte, und — glaubte daß meine Sophie sie aufnehmen würde — Mich däucht ich hätte sie dadurch erschreckt. —

Sophie. Das nicht; aber sie dürfen nicht fordern, Graf, daß ich, in meiner Bemühung, mich von den gewöhnlichen Schwachheiten meines Geschlechts los zu machen, soweit gekommen seyn sollte, daß mir nicht bey dieser Gelegenheit — wo jedes Mädchen, Mädchen ist, wider meinen Willen — eine Grimmasse entwischt wäre!

Graf. Wenn diese Entschuldigung mich beruhigte, so müßte ich von jeher eine ihrer liebenswürdigsten Seiten verkannt haben. — Es war nicht Grimmasse, wie sie sich dessen beschuldigten — es war Schrecken! — womit sie mir sagten, auf morgen.

Siebenter Auftritt.

Vorige. Der General.

Sophie. (Die während dessen in der äussersten Verlegenheit stand, geht auf ihren Vater zu) Ah, mein bester Vater!

General. Guten Morgen, meine Sophie! — Nun Graf, weiß sie's schon? —

Graf. Ja.

General. Siehst du, wie angelegen ich mir's seyn lasse, deinen Wünschen zuvor zu kommen. Doch muß ich sagen, daß meine Wünsche so viel Theil an der Beschleunigung deiner Verbindung haben, als das Verlangen deine zärtliche Ungeduld zu befriedigen — Nun, was sagst du?

Sophie. Daß sie durch nichts die Ueberzeugung bey mir vergrössern können, daß Sophie den gütigsten, zärtlichsten Vater hat.

General. Du läßt mir Recht wiederfahren — Aber Mädchen, ich weiß nicht — du scheinst mir — Es ist mir als freuetest du dich nicht recht.

Sophie. Mein Herz nimmt diese Nachricht gewiß so auf, wie es muß. Unerwartet war sie mir itzt freylich — Die Umstände, die Verfassung worinn wir uns befinden, umringt von Feinden und Gefahren, erfüllen mein Herz mit traurigen Ahndungen, hemmen den Ausbruch der Freude die ich empfinde.

General. Mach dich von diesen Grillen los, Kind, mach' dich los — Ich hätte dich freylich lieber an dem Tage zum Altare geführt, wo wir nach muthige Gegenwehr das Te Deum sängen — aber wer bürgt mir dafür, daß ich noch da seyn werde. — Wenn das Bewußtseyn, du bist ein ehrlicher Mann, hast dem Vaterlande und dem Fürsten brav gedienet! wenn das mir so manchmal meine jugendliche Heiterkeit zurück gab — und ich dachte, te, daß dein Schicksal unbestimmt war, — so war alle die Heiterkeit dahin. Izt geh ich muthiger der Gefahr entgegen, und gefällt's Gott — schließ ich ruhig die Augen zu. Denn ich lasse mein liebes Mädchen in den Armen des braven Jungens da, der Achtung für meine grauen Haare, und wahre, ächte Liebe für mein Kind hat.

Graf. Gott erhalte sie uns lange, recht lange, mein Vater! Wie unvollkommen würde ohne sie unsre Glückseligkeit seyn; zärtliche, wechselseitige Liebe und Achtung verbinden uns. Eine glücklichere Familie, als wir zusammen ausmachen werden, giebts nicht im ganzen Lande. Nicht wahr, Sophie?

Sophie. (weint)

General. Sie weint — das gute Mädchen! ihr seyd glücklich, und Gott sey Dank, ihr habt Herzen, um es zu fühlen. (zum Grafen) Es hat mich oft gequält, daß dies weiche, gute Herz durch eigne Wahl, oder durch Zufall jemanden zu Theil werden sollte, der seinen Werth nicht schätzen, der es mißhandeln könnte. — Gottlob, alle die Klippen sind nun glücklich vorüber geschifft (zu Sophien, indem er ihre Hand ergreift) Also morgen, liebes Kind, morgen wirst du die Freude deines alten Vaters an dir, seine Glückseligkeit, vollenden.

Sophie. (die Anfangs dieser Scene den heftigsten Kampf zu verbergen suchte, geräth nach und nach in stumme, starre Verzweiflung, aus der sie wieder erwachte, indem ihr Vater ihre Hand ergrif, worauf sie schnell einfällt) Ja, mein Vater, ja, das will ich; wohl der Tochter, die das kann; Gottes Segen über sie!

General. (Die Hand des Grafen und Sophiens in einander legend) Und der heilige Segen eines guten alten Mannes! (zwischen beyde tretend) Kinder! größere Freude erwartet meiner nicht mehr. Stärker kann ich sie nicht empfinden, als izt. Wollte Gott, das wär mein letzter Augenblick! — ihr habt mich ganz glücklich gemacht. (geht einige Augenblicke auf und nieder) Nun dann, die Gesellschaft wird aus uns, dem Feldprediger, und meinem guten wackern Major bestehen; still, einfach und rührend, wie euer künftiges Leben, sey das Fest eurer Vereinigung meine Umarmung eine dankbare Freudenthräne über euer Glück, über meines, sey euer Hochzeitball. (ab)

Achter Auftritt.

Der Graf. Sophie. (beyde stehen in großer Rührung da)

Graf. Vollenden sie meine Freude, durch die aufrichtige Beantwortung einer einzigen Frage. Entdecken sie mir die Ursache der Schwermuth, die mich seit einiger Zeit an ihnen so sehr beunruhigt. Ihr Herz wird diese Frage rechtfertigen, auch wenn sie sie ungern oder gar nicht beantworten wollten. Denn daß ich ihre Entschuldigung von vorhin sollte gelten lassen, liebe Sophie, das erwarten sie wohl nicht.

Sophie. Wenn ich ihnen aber versichere, daß der Hauptgrund davon in einer Laune liegt, welche mir unwillkührlich die finstre Seite eines jeden Dinges vergrössert, daß ich von der Entstehung dieser unglücklichen Laune mir selbst keine Rechenschaft zu geben weiß. (auf ihre Liebe zum Baron zielend) Wenn ich sie aber versichre, daß ich es lebhaft empfinde, ich sey es ihnen schuldig alles zu vermeiden, was dieses Uebel ferner fortdauernd machen oder gar vergrössern könnte — wenn ich ihnen das versichere, sind sie dann zufrieden?

Graf. Ich muß es seyn.

Sophie. Sie müsten? — Und nur weil sie müssen, Graf?

Graf. Weil sie's wünschen; weil ihr Wunsch ewig mein unverbrüchliches Gesetz seyn wird. Aber was würden

den sie von meinem Verstande und von meinem Herzen denken, wenn ich es sogleich, so ganz wäre?

Sophie. Ohne Nachtheil ihres Verstandes und ihres Herzens würd' ich denken, daß ich schuldig wäre, ihr Zutrauen mit der zärtlichsten Achtung zu erwiedern; und ich versichere sie, ich verkenne keineswegeś das Herz welches diese Besorgnis für mich hat. Aber glauben sie mir, sie thun mir Unrecht, den zufälligen Grund meiner veränderten Laune für wichtiger zu halten, als er nicht ist.

Graf. Vergeben sie mir, dieser plötzliche Sprung der vom raschesten frölichsten Humor, der sie nie ganz verließ, ohne wichtige Ursache auf einmal in die ununterbrochenste, schwärzeste Melancholie übergeht, bleibt mir unerklärbar. Indeß, wenn ich jemals so glücklich bin, sie wieder in ihrem vorigen Humor zu sehen, so bleibe immerhin für mich dieser Sprung ein Räthsel, dessen Auflösung ich nie begehren mag.

Neunter Auftritt.

Louise. Vorige.

Louise. Ihr Kammerdiener, Graf, bat mich mit Eilfertigkeit diesen Brief ihnen selbst zu übergeben.

Graf. (nachdem er erbrochen und gelesen, schnell) Gerade itzt! Konnte es doch nicht ungelegener kommen! Ich muß sie verlassen, beste Sophie, und hätte ihnen doch noch so vieles zu sagen. Ich war darauf vorbereitet diese Sache heut zu enden; aber nicht so schnell, nicht itzt. Ein Billet der geheimen Räthin von Braunau, bescheidet mich nach einer Viertelstunde in die Esplanade, durch meine Vermittelung es zu bewirken, daß die Uneinigkeit ihrer Neffen ohne die Spitze des Degens beygelegt werden möchte. So sehr ich auch —

Sophie. (mit Theilnahme) Sie wagen doch nichts dabey, Graf? Sie sind doch —

Graf. O! diese liebenswürdige Unruhe, diese zärtliche Bekümmernis entzückt mich unendlich! Nein, Sophie, ich wage nichts — Ich verlasse sie gleich itzt, um desto schneller sie zu überzeugen, daß ich nichts wage. Das Gefühl, wie glücklich ich bin, wird mir Ueberredung und Kraft geben. Es sind edle Männer, sie, werden Friede machen, und auch glücklich seyn. Dann wenn ich einer würdigen Familie den Frieden wieder hergestellt habe, dann eile ich zurück, und die namenlose Wonne die hier meiner wartet, sey mein Lohn. (ab)

Zehnter Auftritt.

Sophie. Louise.

Sophie. (nach einer Pause) Nicht wahr, ich bin ein unglückliches Mädchen?

Louise. Mit Seufzern tief aus der Seele, sagt' ich mirs oft, seitdem ich dich verlies: das unglückliche Mädchen!

Sophie. Gutes Geschöpf! (nach einer Pause) morgen bin ich ein unglückliches Weib.

Louise. Wie?

Sophie. Ringend mit Liebe, Pflicht und Verzweiflung — ein unglückliches Weib!

Louise. Sagte dirs der Graf?

Sophie. Und mein Vater.

Louise. Kein Aufschub möglich? Kein Mittel, das zu hindern?

Sophie. Kein! ich muß das Opfer meiner Leidenschaft werden. Das war nach dem ersten Kampfe mein fester Entschluß. — Das bleibt er. Zurück gehen kann diese Heirath nicht. Sie war von meiner Jugend an das Lieblingsprojekt meines Vaters. Ich bin mit dem Grafen verlobt; Aufschub, wenn ich ihn auch erhielte

— würde

— würde die Aufmerksamkeit meines Vaters und des Grafen doppelt auf meinen Zustand richten; und meine Angst würd' er nur vermehren. Nichts bliebe mir übrig, als ein freyes Bekänntnis. Und wenn ich es wagte, wenn ich es aushielte, dieses Bekänntniß zu thun, was würd' ich dadurch ausrichten? Zerrüttung und Jammer in beiden Häusern. Mein Vater, meiner Folgsamkeit gewiß, würde nie von seinem Projekte abgehen, nie in eine Verbindung mit dem Baron willigen. Und was würden beide nicht leiden? Der gute Graf und mein Vater! Mein Vater — du hättest ihn sehen sollen, welche himmlische Heiterkeit sich über sein Gesicht verbreitete, als er davon sprach, daß ich sein Stolz und seine Freude wäre; als er von der Glückseligkeit sprach, welche ihm meine Verbindung gewähren würde; als er seine ungehorsame Tochter segnete, — O Louise, ich fühl es, und wenn ich es mit meinem Leben erkaufte, diese Hofnungen nicht zu vereiteln — der Preiß wäre zu gering. Mit einemmal ist die Binde gefallen, ich sehe, wer ich bin, — und schaudre. Beschlossen ist's: ich allein leide! ich allein bin das Opfer.

Louise. Das erwartete ich von dir, und rieth dir eben deswegen nicht, weil ich dieses Entschlusses von dir gewiß war. Ich will mich mit dir deines Sieges freuen. Ich will dir es jeden Augenblick mit Entzücken zurufen, wenn dein froher Blick um dich her, Glückliche gemacht hat. Ich will mit dir klagen, mit dir weinen; unterliegst du der Last, will ich dir zurufen, muthig deine Bahn zu vollenden. Der Sturm wird vorüber gehen — Die Zeit, so unmöglich dir das gegenwärtig scheint — die Zeit wird das Andenken an den Baron auslöschen. Diejenigen Eigenschaften des Grafen, die zu allen Zeiten ihm deine Achtung beybehielten, werden ihm deine Liebe wieder verschaffen. Jedem andern Mädchen würd' ich sagen, daß auch die äusserlichen Vorzüge auf Seiten des Grafen sind — Das Schauspiel deiner Glückseligkeit wird mit jedem Morgen deinen Vater verjüngen, eine ganze Familie wird glücklich durch dich. —

Eine so gute Familie — das wird dich stärken im muthigen Kampfe — ist süßer Ersatz für alle deine Leiden; glaube mir, du wirst glücklich seyn.

Sophie. Glaubst du das? Ich möchte es gerne auch glauben — Kennst du den Baron?

Louise. Sehr obenhin.

Sophie. Dann kann ich es begreifen, warum dir es so möglich scheint, ihn zu vergessen! wohl dir, wenn du nicht weißt, was es heißt: nicht vergessen können — und wenn du es weißt — Dank dir — daß du mich hast glauben machen wollen, ich könne es.

Louise. Vergib, wenn ich, wider meinen Willen, in den verhaßten Ton der gewöhnlichen Trösterinnen gekommen bin, und argwöhne nicht, daß ich deswegen deine Leiden geringer ansehe — weil ich sie geschwinder gehoben wünschte.

Sophie. O Louise — wäre das nur erst überstanden, was mich mehr kosten wird, als mein Entschluß.

Louise. Was ist das?

Sophie. Hätt' ich den Baron nur erst gesprochen.

Louise. Gesprochen?

Sophie. Ihm gesagt, daß ich ihn nicht lieben darf; ihm Muth eingesprochen; ihn getröstet; ihm das letzte Lebewohl gesagt.

Louise. (nach einer Pause) Ich urtheile unpartheiisch, denn ich bin ohne Leidenschaft — und wär ich so partheiisch, so wär ich's für dich, ich verziehe dir, mehr noch, ich rechtfertigte dich bey mir selbst, daß du den Baron liebst; ob mein Herz deine Sache zu der meinigen machen kann — das weißt du.

Sophie. Das weiß ich — das fühl ich.

Louise. Wohl! mit diesen Gesinnungen, mit diesem Herzen, sag' ich dir — du darfst den Baron nicht sehen.

Sophie. Unmöglich Louise! unmöglich! Hier auf dieser Stelle schwur ichs meinem gepreßten Herzen, daß

ich

ich Albert noch sehen wollte. Auf dieser nämlichen Stelle — hier stand mein Vater, dort der Graf. Beyde nahm ich zu Zeugen meines Schwurs. Auf dieser nämlichen Stelle schwur ich, daß ich meiner Pflicht getreu bleiben wollte. Ein Schwur ist so unverletzlich wie der andre. Eine Pflicht so heilig, wie die andre. Bey dem Jammer der mein Innerstes zerreißt, sag' ich dir, ich sehe Albert, ich trenne mich von ihm auf ewig, ein heiliger Abschiedskuß sey das Grabmal unsrer Liebe — und dann bin ich morgen Gräfin Hohenthal.

Louise. Unglückliche, du kennst die Leiden nicht, welche diese Zusammenkunft dir zubereitet.

Sophie. Würd' ich ausserdem weniger leiden? — Würd' ich nicht vor Furcht, ein andrer könnt ihm diese schreckliche Nachricht hinterbringen, vor Ungewißheit, ob Albert mir verziehen habe, daß ich Meineidige ihm Liebe versprach, die ich nicht gewähren durfte — würd' ich nicht an den Stufen des Altars niedersinken?

Louise. Ich sehe, meine Gründe dich abzuhalten, würden vergebens gesagt seyn — — Du bist unglücklich, das sag' ich dir.

Sophie. Bin ich es doch nur!

Louise. Ich nicht auch?

Sophie. Mach mich nicht weich — die Zeit der Thränen kommt erst, wenn ich vom Altare zurück komme — dann will ich weinen, dann weine mit mir. Ich bin standhaft, das muß ich bleiben.

Louise. Es ist die Standhaftigkeit der Verzweiflung.

Sophie. Ich will dem Baron schreiben. Ich will ihm sagen, daß meine Ruhe, meine Glückseligkeit davon abhängt, ihn einen Augenblick zu sehen. Ich will ihn bey den heiligen Rechten der Liebe beschwören. Er wird kommen, ich werd' ihn sehen — und —

Louise. Und? — —

Sophie. Du solltest dich freuen, daß ich izt nicht an dieses Und denke.

Louise. Du willst! ich sollte mich dir mit aller Stärke der Freundschaft widersetzen, — aber ich kann nicht — Wenn du geschrieben hast, wollen wir zu deinem Vater gehen, damit man uns weniger vermisse — wenn er kömmt.

Sophie. Gut, alles gut! Louise, ich halt's nicht lange so aus. Ich fühl es. (mit Schwärmerey) O Albert! Albert! wir würden so glücklich seyn! — Pflicht und Jammer sind meine Träume. Grab ist meine Hofnung. Nur bald — nur bald — Du verliessest mich wohl ungern. — O nein, es wäre grausam! Im stillen Frieden werd' ich ruhen. Unglücklich liebende Jünglinge werden zu meinem Grabe kommen. Gute Väter werden gern da, wo ich ruhe, verweilen, und mein Andenken segnen. Alle Jahre an meinem Todestage wirst du tugendhaften jungen Mädchen die Geschichte meiner Liebe auf meinem Grabe erzählen. Die Thräne des Mitleids, die von ihrem unschuldigen Auge auf den grünen Hügel herabfällt, sey mein Denkmal.

Zweyter

Zweyter Aufzug.

Erster Auftritt.

Sophiens Zimmer.

Sophie. Louise.

Sophie. Wie doch alles auf einen Tag sich zu meinem Verderben vereinigt! —

Louise. Daß er auch gerade heute kommandirt seyn mußte!

Sophie. Ob er kommen wird?

Louise. Da du es zum zweytenmal so dringend fordertest — Gewiß. Obwohl —

Sophie. Ich das nicht hätte fordern sollen? — Das willst du sagen!

Louise. Ja. Denke nur, was er dabey wagt — wenn es auskäme, — wie leicht ist das?

Sophie. Gott! das wäre schrecklich! Ich, die seine Ruhe mit meinem Leben erkaufen möchte, ich konnte das von ihm bitten? (sie geht ans Fenster nach einer Pause kömmt sie zurück) Aber ist nicht diese Zusammenkunft der einzige Lohn, den ich für meine schmerzliche Aufopferung hoffe und begehre? (*nachdem sie sich eine Weile besonnen, mit Entschlossenheit*) Gleichwohl — wenn seine zweyte Antwort eine neue Unmöglichkeit oder eine Verzögerung bis auf den Abend enthielte, und das letzte vermuthe ich — da alsdann die Dunkelheit der Nacht ihm zu statten kommen würde — so versprech' ich dir — so schwer mir das würde — (unentschloßen) so versprech' ich dir — dann will ich

dich

dich bitten, ihm zu schreiben — dann will ich dieser Zusammenkunft entsagen.

Louise. Du kannst also leicht vermuthen, wie ich den Inhalt dieser Antwort wünsche. Du thust viel, mehr als ich in deinem Fall würde thun können. Und gerade das macht mir Muth, dich zu bitten — thue mehr als viel — noch ein Schritt, und er ist, in Betracht derer welche du bereits gethan hast, klein; noch ein Schritt — und du thust alles.

Sophie. Was soll ich thun?

Louise. Die Antwort mag enthalten was sie will, dem Wunsch ihn heute zu sehen, gleich izt zu entsagen.

Sophie. Nein Louise, heut oder niemals — morgen bin ich verheirathet. Kann ich den Grafen auch nicht glücklich machen, so will ich ihn doch auch nicht betrügen — — sey nur ruhig, er wird nicht kommen.

Louise. Er wird kommen. Denn wer kann so lieben, so geliebt und so gebeten werden, und nicht kommen? Aber ist es — ich will nicht einmal sagen großmüthig — ist es nur billig von dir gehandelt, einen Mann wie den Baron, der so ganz Mann von Ehre, so ganz braver Offizier ist, auf's äusserste zu treiben, ihn in die Verlegenheit zu setzen, durch seine Aufführung den Begriffen zu widersprechen, welche die Welt bisher von ihm in Ansehung jener beyden Eigenschaften hatte. Um einer Unterredung willen, die, weit entfernt, dir zu helfen, dich unaussprechlich unglücklich machen wird, deinen Albert der Gefahr auszusetzen? Ist das ächte Liebe? kann das Sophie? — — Entschließe dich! — es ist ein starker — aber heilsamer Entschluß!

Sophie. Ich bin betäubt — dieser Entschluß würde mich so wenig kosten, ich würde so wenig davon wissen, als ob ich diese Hand ausstreckte. Aber ich frage dich selbst, werde ich dann — wann ich aus dieser Betäubung erwache — werde ich dich nicht hassen, daß du meine Schwachheit mißbrauchen konntest — hüte dich, du sprichst dein Urtheil.

Louise.

Louise. Danken wirst du mir.

Sophie. Und wenn alles — schwur ich nicht — willst du mich zu einem Meineid verleiten?

(Friedrich kömmt)

Friedrich. Ein Billet an Fräulein Sophie.

Sophie. Von ihm — von ihm!

Louise. Geht nur — (Friedrich geht ab)

Sophie. Ich zittre — Gott, wenn er nicht käme, was würde aus mir werden!

Louise. Wenn er kommt, was wird aus dir werden?

Sophie. (ließt) „Sophie, ich komme „ — Ach! Gott sey Dank! — „Mühe und Gefahr sind „nichts „gegen deinen Willen. Dies Billet und ich gehn zu „gleicher Zeit ab. Weil ich aber Umwege nehme, wer„de ich wohl erst in einer Viertelstunde dort seyn. Du „wirst Sorge tragen, meine Liebe, daß Friedrich am „Hause meiner wartet, damit ich ungesehen zu dir kom„me. „ — In einer Viertelstunde also? (ließt noch „einmal) „Mühe und Gefahr„ Mühe wird ihn nicht abhalten; Gefahr! — Gefahr? — die Liebe, die Liebe wird ihn schützen, nicht wahr, Louise?

Louise. (Im Nachdenken über Sophie, mit Nachlässigkeit) O gewiß!

Sophie. Gewisser hoff' ich, als deine Versicherung, sonst — O Louise — Gott behüte dich in ähnlichen Fällen vor solchen Versicherungen — doch — was man gewiß glaubt, weiß — das versichert man ja mit Kälte, — sieh, so ist mir dein „O gewiß„ nicht frostig — es ist mir so süß, so beruhigend, daß ich dir dafür danke.

Louise. Diese zärtliche Empfindlichkeit ist von deinem Zustande unzertrennlich.

Sophie. Das letztemal also? — das letztemal! — Auch ohne Beziehung auf meinen Zustand, liegt für mich etwas feyerlich-trauriges in dem Worte —

bey

bey der gleichgültigsten Handlung werd ich ernst — wenn ich mir sagen muß — es ist zum letztenmal. — Noch nie nahm ich von jemand Abschied, ohne daß traurige finstre Ahndungen meine Seele erfüllt hätten. Von meiner Amme an — bis zu dem Abschied von meinen verstorbnen Brüdern, ward ich jedesmal so heftig erschüttert. Brauchte ich jedesmal Tage um wieder in Fassung zu seyn. (mit Heftigkeit) O dieses schmerzliche gewaltige Gefühl — es war die Ahndung dieses Abschieds von Albert.

Louise. Sey ruhig, ich bitte dich! Wie willst du seine Gegenwart ertragen können, wenn du itzt schon so heftig bist — um Alberts willen bitte ich dich, sey ruhig.

Sophie. Das war gütig von dir, daß du ihn nanntest; denn Ruhe brauch ich — und es ist etwas so süßes in dem Klange dieses Namens — wäre der Sturm in mir auch noch so groß; der einzige Name gebieret Frieden, Heiterkeit — ich bin ruhig.

Louise. Die Viertelstunde ist bald verflossen. Ich traue deiner Entschlossenheit. Sie ist das einzige Mittel, fähig, dich dem Verderben zu entreissen. Außerdem würde nichts in der Welt mich vermögen, dich zu verlassen. Ich traue dir — aber wenn du mich hintergehst — wenn du einen Rückfall fürchtest, wenn dir ahndet, der Muth würde dich verlassen, dann — noch ist es Zeit, bald nicht mehr. — Dann entfliehe der Gefahr, mir überlaß das traurige Geschäfte, ihm sein Unglück zu entdecken.

Sophie. Du siehst, ich hab Entschlossenheit zu leiden — und du kannst glauben — ich würde mit weniger Beharrlichkeit auf dem Genuß der letzten schwermüthigen Freude bestehen?

Louise. Noch das will ich dir zugestehen, daß du den letzten kurzen Abschied von ihm nimmst, wenn ich ihm zuvor entdeckt —

Sophie. (schnell einfallend) Mit Gefahr seiner Ehre und seines Lebens will er mich sehen, wenn ich es verlan-

verlange es, er kommt, findet eine andre, sieht seine Liebe unglücklich, und sollte auch noch seine Ehre, sein Leben um nichts aufs Spiel gesetzt, gering geschätzt haben? Auch noch itzt sollte ich ihn hintergehen? — wolltest du das? Könnte ich das?

Louise. Gut, ich verlasse dich! ich wills *besorgen*, daß Friedrich seiner wartet. Auch *den Grafen*, *wenn* er kommen sollte, will ich abhalten. *Aber bedenke selbst*, daß er mir schwer fallen wird, deinen Vater ohne Argwohn lange aufzuhalten. Daher endige bald — deine eigne Leiden zu verkürzen — endige bald, willst du?

Sophie. Ich will ja gern.

Louise. Noch einmal Sophie, wenn du wankst, denk an deinen alten Vater, an die fürtreflichen Eigenschaften des Grafen, an den grossen Lohn für Selbstüberwindung — an ein ruhiges Gewissen, an eine Freundinn, welche ihr ganzes Leben mit dir weinen und tragen will! (will abgehen. Auf der Hälfte des Theaters blickt sie mit Wehmuth nach Sophien hin, geht schnell auf sie zu, umarmt sie, ergreift ihre Hand, nach einer Pause) Gott stärke dich! (geht dann schnell ab)

Zweyter Auftritt.

Sophie. Das woll er! — — Wie glücklich war ich gestern! was bin ich heut? Die eine Hälfte meines Lebens verstrich so schnell — ich war so heiter. Unbeständigkeit menschlichen Glücks, Unglück kannte ich nur vom hören sagen. Aber seit heute hat es mich so schnell, so gewaltig ergriffen, daß ich es, wie aus langer Erfahrung, nach allen seinen Graden kenne. (nach einigem auf und niedergehen) Mein Kopf! mein Kopf! Mir ist nicht wohl! — Diese Angst — dieses Grauen das mich überfällt — Gott, das empfand ich nie! er kommt — nein! (im äussersten Schrecken auffahrend) Weh' mir, er ists! — — Meine Angst betrog

 mich.

mich, — Gott sey Dank! — Aber wie werd' ich ihm sagen — so wie der Augenblick sich nähert, verläßt mich meine Standhaftigkeit. (mit äusserster Heftigkeit) Diese Zusammenkunft! ich hätte sie nicht wünschen sollen — ich hätte Louisen da lassen sollen — ihre Vorbereitung würde den Schrecken mindern, den meine Angst mir vermehren wird. — Entfliehe Unglückliche! entfliehe dem Verderben — fort!

Dritter Auftritt.

(Indem sie abgehen will, öfnet Friedrich die Thüre. Der Baron von Thurneisen im Mantel und runden Hut, worunter er Uniform und Degen trägt, fällt in ihre Arme)

Sophie. Der Baron.

Sophie. Albert!

Baron. Sophie! (indem sie vorn auf dem Theater sind)

Sophie. Albert, wir haben wenig Zeit. Ich habe dir schreckliche Dinge zu sagen. Wenn ich vollenden soll, was ich vollenden muß — nicht diesen Blick — diesen Blick.

Baron. Trau ihm nicht. Er sagt so wenig von dem was hier vorgeht. (aufs Herz deutend)

Sophie. (nach einer Pause) Ich bitte dich, sieh mich nicht so an, du richtest mich zu Grunde. Ich brauche Muth —

Baron. Ich kam mit schlimmen Ahndungen hieher; doch würd' ich diese nicht achten. Jeden Augenblick dem Tode so nahe, sind diese Ahndungen sehr natürlich. Aber — der Zustand worinn ich dich finde — Du zitterst — Sophie, dir ist doch wohl? legt Mantel, Degen und Hut von sich) Um Gotteswillen, was ist dir?

Sophie.

Sophie. Albert!

Baron. Liebes Mädchen, warum so bange?

Sophie. Wenn du wüßtest —

Baron. So sah ich dich nie — Reiß mich aus meiner Angst, was hast du mir zu sagen?

Sophie. Ich kann nicht! ich kann nicht!

Baron. Zum erstenmal in meinem Leben muß ich dich bitten, bald zu endigen. Ich muß von hier. Es kostet mich das zu sagen, unendlich mehr es zu thun. Aber die Pflicht ruft mich zu meinem Posten zurück — Pflicht und Ehre hätten mir verbieten sollen herzugehen! — Ich wankte lange; doch, als du zum zweytenmale schriebst, dein Leben hänge davon ab, konnte ich mich bedenken, da für dein Leben nur das meinige galt? Liebe siegte über Pflicht und Ehre: ich kam!

Sophie. Gott! du wagst also?

Baron. Wenn ich verweile. Meiner Ehre willen wünscht' ich zurück. Wenn aber mein Verweilen hier nöthig ist, dann wag' ich nichts.

Sophie. Dein Leben —

Baron. Für dich.

Sophie. Ich will kurz seyn. Du bist ein Mann. Du hast Muth. Du hast ihn nöthig. — Gebe Gott, daß er dich nicht verlasse!

Baron. Das Schicksal könnte mich nur von einer Seite muthlos machen; und von der Seite bin ich ja gesichert.

Sophie. Liebst du mich?

Baron. Ich liebe dich.

Sophie. Würdest du mir verzeihen können, wenn ich dich unglücklich machte?

Baron. (stutzt) Du kannst mich nicht unglücklich machen, als wenn du aufhörst, mich zu lieben — weg mit diesen Besorgnißen! O Sophie, wann wird sie kommen die glückliche Zeit, wo väterliche Einwilligung, väterlicher Segen unsre tugendhaften Umarmungen heiligen?

Sophie. Wüßtest du, wen du umarmst!

Baron. Ein gutes edles Mädchen.

Sophie. (die sich von ihm losreißt) Eine Verbrecherinn!

Baron. Du?

Sophie. (mit weggewandtem Gesicht) Ja, die bin ich.

Baron. Unmöglich! — bey Gott unmöglich.

Sophie. Eine strafbare Verbrecherinn an der Liebe, an dir.

Baron. (mit Ahndung seines Unglücks) Nein, nein — du schwurst mir Liebe und Treue.

Sophie. Ich bin eine Meineidige.

Baron. (wild) Nein, sag ich dir! nein!

Sophie. (in Verzweiflung) Dieses Zutrauen ist der Fluch der unversöhnlich auf mir ruht. — O Albert — Zufall — Liebe, Hofnung machten, daß ich dir verheelte —

Baron. Was?

Sophie. Daß ich dem Graf Hohenthal —

Baron. Liebte?

Sophie. Verlobt bin.

Baron. (äusserst heftig) Hintergangen also? das ist schrecklich — und daß Sophie es konnte, das ist bitter!

Sophie. Ich habe Hofnungen bey dir entstehen lassen, ich habe das Geständnis deiner Liebe mit Entzücken angehört, ich habe deine Liebe genährt, — ich habe dich zum unglücklichen Manne gemacht. — Sieh, ob ich eins meiner Verbrechen verringere. Aber mit

aller

aller Liebe willen verkenne die Entstehung meines Verbrechens nicht. Verkenne nicht das Uebermas von Liebe, woraus die kühnen Hofnungen entstanden, deren Nichterfüllung uns elend macht. Allein wollt ich an unserm Glück arbeiten. Dir wollt' ich dann, wann sie überstanden waren, alle die Schwierigkeiten erzählen, deren ohngeachtet, ich dich so heiß, so innig liebte. Dein Erstaunen, deine Umarmung wären mein Lohn gewesen. Sey nicht strenge, Albert, bedaure das unglückliche Mädchen, aber hasse es nicht —

Baron. Sophie! — Sophie konnte das thun!

Sophie. Kannst du mir verzeihen?

Baron. Ich will dir den feindseligen Gedanken bekennen, der im Anfange nach deinem Geständniße sich bey mir eindrang. Ich fürchtete, daß Sophie meine Liebe für eine Tändeley genommen hätte — für eine gewöhnliche Intrigue — Es war ein niedriger Gedanke. Auch verwarf ich ihn bald. (kleine Pause) Meine Liebe zu dir ist edel — ich würde mich verachten, wenn ich dir je eine Schmeicheley gesagt hätte. (mit Güte) Ich kann keine deiner Anklagen gegen dich verringern — aber ich kann dir verzeihen. Ein einziger Gedanke über die Ungewißheit unsers Schicksals wird deinem empfindsamen Herzen eben so viel gekostet haben, als mir der Schrecken über diese Nachricht — und die Furcht vor der Zukunft —

Sophie. Zukunft — Albert, das ist ein schreckliches Wort für uns.

Baron. Vielleicht nicht. Laß uns nicht verzweifeln. Liebe, wie die Unsrige, muß Belohnung finden. Ich hoffe viel für die Zukunft.

Sophie. Gott! Gott! du hoff'st umsonst.

Baron. Umsonst?

Sophie. Fasse Muth. Es ist eine gräßliche Nachricht. Wenn ich das Wort ausgesprochen habe, wovor ich schaudre, denn bin ich auf ewig aus deinem

Herzen geschieden. Wir werden uns nie wieder sehen. Denn — morgen —

Baron. Morgen?

Sophie. Bin ich —

Baron. Nun!

Sophie. O Albert, das Wort —

Baron. Sprich es.

Sophie. Fluche mir nicht.

Baron. (mit der äussersten Wuth und Spannung) Sprich es!

Sophie. Verheyrathet!

Baron. (ganz kraftlos, ohne Accent, an Wehmuth gränzend) O mein Gott!

Sophie. (nach einer Pause) Nun hier steh' ich, und erwarte mein Urtheil. Das deinige wird minder schrecklich seyn, als das, welches hier gesprochen ist. (aufs Herz deutend) Bin ich so tief gefallen, — bin ich nicht mehr deines Zornes werth? — Hörst du mich nicht? — Ich bin das strafbare, unglückliche Mädchen, das gerne die Last des Schicksals allein tragen wollte, sie gedoppelt auf uns beyde brachte — Höre mich — sieh nicht so starr in den Boden — erbarme dich meiner Verzweiflung. Kennst du mich nicht mehr — Hörst du mich nicht mehr — Großer Gott! ich bin Sophie — Albert! höre mich! — höre mich — morgen! —

Baron. (betäubt) Morgen! (mit dem ganzen Bewüßtseyn seines Schicksals) Ha! morgen! wehe dir, daß du mich aus meinem Traum reissest — wehe dir, daß ichs wieder fühle: ich lebe. Wehe dem Augenblick wo ich dich sah; wo diese Gestalt mich hinriß; wo ich deinem Geschwätze von Tugend glaubte; wo ich dir sagte, ich liebe dich; weh über das Geschöpf das kaltblütig Unheil stiften konnte! Die hinreißende Sanftmuth, die auf diesem Gesichte, in diesem Tone liegt,

— ist

— ist eine hämische Lüge. Da steht das Geschöpf, das frohlockend einen ehrlichen Mann zu Grunde richtete. Verherrliche deinen Triumph, höre von mir selbst, daß du mich elend gemacht hast. Hohngelächter sey der Lohn des Mannes, der Liebe trunken genug war, zu glauben, das Mädchen kann nicht lügen. O! o! Meine Verzweiflung sey dein Entzücken, dein Jubel am Hochzeittage, mein letztes Winseln auf dem Schlachtfelde das Siegesgeschrey des glücklichen Bräutigams.

Sophie. Albert!

Baron. Weg mit dem Tone, er lockte mich ins Verderben. Jede dieser heuchlerischen Thränen ist bitterer Hohn für meine Leiden. Wende dein Gesicht weg von mir, oder weide dich an meinem Wahnsinn. Dieser Unschuld lügende Blick hintergieng mich. — Bey Gott, ich will den Sieg verkürzen, — hier will ich das Leben enden, das ich verfluche.

(Rennt nach dem Degen)

Sophie. Halt ein! um Gotteswillen! halt ein! Höre mich. Wenn du je Mitleiden gegen ein armes verlassenes Geschöpf fühltest, wenn du noch einen Ueberrest von Zärtlichkeit nicht ganz verläugnen willst, bey den Thränen der Erbarmung, die du über den Jammer des unglücklichsten Weibes vergießen wirst, höre mich. Wenn je dies Herz der Freude fähig ist, wenn je der Gedanke, daß ich dich, den ich über alles liebe, über alles unglücklich gemacht habe, aufhört mich zu quälen, wenn bis zum letzten Augenblick meines Lebens dies Herz einen andern liebt, als Albert — dann werde mir das einzige versagt, was ich auf Erden noch mit Entzücken hoffe — der Tod!

Baron. (ausser sich) Nun — was soll ich denn nun hier?

Sophie. Mir verzeihen.

Baron. *) O sie spotten, Fräulein! ihnen Glück wünschen, ihnen und dem glücklichen Grafen. Aber ich finde es doch etwas stark, eines bloßen Glückwunsches wegen meine Ehre und mein Leben auf das Spiel zu setzen.

Sophie. Gott!

Baron. Hätt' es nicht mit dieser Ceremonie bis nach der Hochzeit anstehen können? Oder wollten sie mich, als ihren guten Freund, früher mit ihrem Zutrauen beehren? dann ich bin ihnen noch Dank schuldig: und statte ihn ab, wär es auch auf Kosten meines Lebens.

Sophie. Albert, das hab ich nicht verdient.

Baron. Seyn sie doch munter. Sie sehen ja einem so glänzenden Feste entgegen. Kommen sie, ich will ihnen den Brautschmuck bewundern helfen. Ich bin zwar nicht viel Kenner, aber wer ihn nicht geschmackvoll findet, der hat's mit mir zu thun! — Wie, sogar Thränen im Auge? seyn sie doch froh! — sehen sie: ich bin herrlichen Humors. (laut lachend) Ha! ha! ha! sie müßen mit lachen, sonst werd ich sie schwerlich in Laune bringen. Denn, darum ward ich doch wohl gerufen, Fräulein! ward ichs nicht?

Sophie. Ich verdiene alles das, und doch bin ich unschuldig. Heute hat man mir gesagt, daß ich morgen verheirathet werden soll. — Wär' eine Möglichkeit dem auszuweichen, irgend eine — ich würde sie ergreifen. Voll Verzweiflung schrieb ich dir zweymal. Nun muß ich mich von dir trennen. Ich muß deine Verzeihung haben. Denke, was ich leide, durch das Bewußtseyn deiner Marter; und daß ich sie verursache, doppelt leide. Glaub' mir, ich verdiene wohl Mitleiden.

Ich

---

*) Die Art womit dieser Uebergang dargestellt werden muß, läßt sich denen Schauspielern, welche sie nicht fühlen, durch keine Note erläutern. In dem Fall bitte ich mir das arme Fräulein nicht zu mißhandeln.

Ich bitte dich, sey gütig gegen ein Geschöpf, das dich um deine Verzeihung anfleht, wie eine Bettlerin um ein Allmosen. (kniend) Du hast mich nie geliebt, wenn du nicht verzeihen kannst. Ich bin unschuldig — bey allem was heilig ist, ich bin unschuldig.

Baron. (finster und in sich gekehrt) So? —

Sophie. (aufspringend, mit Größe). Verzeihe dir Gott, daß du mir das Herz brechen konntest!

Baron. (geht schnell zu ihr) So? that ich das? — Vergieb mir, ich bitte dich, vergieb mir! — Aber trau auch der Bitte nicht — Ich bin nicht wie sonst — (aufs Herz deutend) Hier, hier brennts! Vergieb mir — und nun bitt' ich dich, laß mich fort.

Sophie. Albert!

Baron. Um deinetwillen laß mich von hier gehn. Ich fühl es, es thut hier zu weh (aufs Herz) als daß es dort (auf den Kopf zeigend) lange so bleiben könnte. Laß mich!

Sophie. Dein Auge rollt sich so wild und fürchterlich. Ich sehe es ja nicht wieder. Soll ich es nicht sanfter sehen? Nur einen Augenblick — nur bis ich dich weinen sehe.

Baron. Ich kann nicht weinen — laß mich.

Sophie. Nur ein Wort noch — ein Wort — ich lasse dich nicht, bis ans Ende der Welt; du mußt mich hören — es ist das letzte Wort.

Baron. (mit Wehmuth) Das letzte?

Sophie. Albert, sey Mann.

Baron. Stell mich dem Tod entgegen, ich bin es. Aber —

Sophie. Laß mich ausreden — es war nicht das was ich sagen wollte — ich liebe dich — ich leide — ich bin ein Weib, aber ich habe Muth zu leiden und zu leben. Versprich mir das auch.

Baron. (nach kurzer Pause) Ich verspreche dirs.

Sophie. Aber —

Baron. Sieh! ich könnte noch einmal frölich seyn, so hebt mich der Gedanke, daß ein Druck hier (auf die Stirne zeigend) mich der Rückerinnerung an gestern, und des Bewußtseyns von morgen überhöbe — Ich könnte im Taumel von Wonne vergessen, daß du zurück bliebst! Aber, das versprech ich dir — und — und müßt' ich Gast bey deiner Hochzeit seyn, — ich lebe.

Sophie. Dort sehen wir uns wieder!

Baron. Ja, und bald. Bald!

Sophie. Wir müssen uns trennen! (sie geht auf ihn zu. Er wendet sich weg) Willst du mir nicht vergeben? — Albert leb' wohl! — Bete f[illegible]ich! — Vergieb mir.

Baron. (setzt sich)

Sophie. Wir müssen uns trennen. Die Stunde ist da — (die Hände ringend) Wir müssen uns trennen.

Baron. Ich kann nicht.

Sophie. Wir müssen.

Baron. Laß mich doch hier — Das Unglück hat dich strenge gemacht.

Sophie. Gott! du muß fort!

Baron. Sophie, ich komme nun nicht wieder — du kannst nie wieder sagen: verlass' mich — oder bleib.

Sophie. Um Gotteswillen!

Baron. Lass' mich nur noch einen Augenblick da (Im Zimmer umhergehend, er fixirt sie, nimmt dann ihre Hand) Wie froh wir oft hier waren — und keines dachte, es wird einmal eine Zeit kommen, wo alles das nicht mehr seyn wird. Es waren wohl frohe Stunden! Dies ist nun alles, alles vorbey. Dort gelobten wir uns ewige Liebe — weißt du noch?

Sophie. Ich weiß —

Baron.

Baron. (führt sie hin) Dort lass' uns scheiden. Leb wohl. Wir sind glücklicher, wenn wir uns wieder sehen. — O Sophie, ich kann weinen — Gott sey Dank! Das macht mich freyer. Nun will ich gehen. (Er nimmt ihr Schnupftuch, trocknet seine Augen; er behält es in der Folge)

Sophie. Albert, leb wohl!

Vierter Auftritt.

Vorige. General.

General. (Indem er die Thüre öfnet) Ha!

Sophie. (fällt ohnmächtig zurücke) O Gott!

General. Hier in meiner Tochter Armen! Bösewicht, vertheidige dich — vertheidige dich!

Baron. Herr General —

General. Vertheidige dich!

Baron. Hier liegt mein Degen, hier wird er liegen bleiben. Ich bin in ihrer Macht, ich scheue den Tod nicht.

General. Du machst mich wüthend! Zieh Niederträchtiger!

Baron. Das bin ich nicht.

General. Bey Gott! ich stosse dich nieder.

Baron. Ich weiß, daß ich ohne zu antworten, mein Schicksal erwarten sollte, aber sie möchten mein Stillschweigen unrecht erklären. Vorher muß ich ihnen danken. Ich habe den Tod verdient, ich wünsche ihn, es ist Gnade, unverdiente Wohlthat, wenn ich durch die Hand eines Helden falle.

General. Ha! du erinnerst mich — beynah hätte ich über dem Vater den General vergessen. (klingelt)

(Friedrich kommt)

General. Der Adjutant soll kommen, und meine Nichte. (Friedrich ab)

Und hier auf Sophien zeigend) was ich hier hören werde, dafür zittre ich, denn ich kenne mich.

Fünfter Auftritt.

Louise. Die Vorigen.

General. Helfen Sie ihr, sie ist krank. (zum Baron) Sie haben ihren Posten verlassen, er ist während ihrer Abwesenheit angegriffen worden! Tapferkeit und glücklicher Zufall erhielten ihn in unserer Gewalt. Die Sicherheit der Stadt hieng von diesem Posten ab. Mein Ruhm, meine Ehre, von der Erhaltung dieser Vestung. Ich war zum Glück in der Nähe; ich stellte mich dem Feinde entgegen, der Posten wurde erhalten, ich komme meiner Tochter zu sagen, daß ich noch lebe, und finde sie hier, in meiner Tochter Armen. —— —— Ich darf nicht daran denken, wenn ich sie als Offizier behandeln soll. —

Baron. Herr General, als Mensch würde ich mein Betragen bey ihrer strengsten Untersuchung rechtfertigen können, als Soldat kann mich nichts rechtfertigen. —— —— Zwar kann ich mich dreist auf mein Betragen berufen —— Ich diente nicht aus Nothwendigkeit, ich diente aus Neigung, aus Liebe für mein Vaterland, aus Eifer für meinen Fürsten. Als den Mann kennt mich das Regiment. Das weiß ein großer Theil der Armee, das ist auch ihnen bekannt, Herr General. Nur um dem Verdachte von feiger Weichherzigkeit entgegen zu kommen, bezieh ich mich darauf.

General. Desto schändlicher, Herr, desto schändlicher ist ihre abscheuliche Verrätherey!

Baron. Meiner Strafe eil' ich entgegen, denn sie wird den Flecken auslöschen, den ich auf meine Ehre gebracht habe. Aber das ist härter als alle Strafen der Welt, daß ich hier vor ihnen stehe, und auf ihre Beschuldigung mit gutem Gewissen nichts antworten kann,

als

als daß es nicht Verrätherey war; was mich zu dieser Pflichtvergessenheit verleitete.

General. Was denn? was denn?

Baron. Etwas, dessentwegen mich gefühlvolle Seelen nach meinem Tode bedauern werden, das aber vor keinem Kriegsrechte gelten kann. —

Sechster Auftritt.

Ein Adjutant. Vorige.

General. Hier übergebe ich ihnen den Baron von Thurheisen. Sein Verbrechen ist ihnen bekannt.

Adjutant. Sehr wohl, ihr Excellenz.

Baron. Weit entfernt etwas anders zu erwarten, bitte ich sie, seyn sie ganz General in meiner Sache; und um mein Verbrechen gut zu machen — seyn sie strenger Richter. Betrachten sie mich von diesem Augenblick an, als das was ich bin, als ein Opfer des Todes. Ich seh sie nicht wieder. — Hören sie die letzte Bitte des unglücklichen Verbrechers, an den Menschen — seyn sie Vater. (der Baron geht mit dem Adjutant ab)

Siebenter Auftritt.

Der General. Sophie und Louise.

General. Ich kenne die Larve von Großmüth und Standhaftigkeit, wodurch diese Kreaturen zu erschüttern denken. Wohl dir, wenn sie dich nicht verläßt. — Nun, hier — was werde ich erleben? Sagen sie, Nichte, ist —

Louise. Gott sey Dank, sie erholt sich!

General. Lassen sie mich zu ihr.

Sophie. (schlägt die Augen auf, erblickt ihren Vater und fällt zurück) Gott!

General. Dein erstes Erwachen ist Schrecken über deinen Vater — du bist strafbar, dann wollte Gott! du wärst nie wieder erwacht.

Louise. Schonen sie ihrer, ich betheure ihnen —

General. Daß sie nicht strafbar ist? Thun sie's, und ich dank ihnen mit meinem Leben — sie schweigen? — Sophie, ich war vor dem Feind, — ich wagte mein Leben — Gott erhielt mich; ich komme dich zu umarmen — sieh mich an — bist du wohl dieser Umarmung werth?

Sophie. O mein Vater! (will vor ihm knien)

General. Knie nicht, ich kann das nicht leiden.

Sophie. Gott! das ertrag ich nicht.

General. Bist du schuldlos, so entweihe die gute Sache nicht durch Ziererey — bist du schuldig, so — bist du schuldig?

Sophie. Ich bins.

General. Gott erbarme sich.

Achter Auftritt.

Der Graf Hohenthal. Die Vorigen.

Graf. Wohl uns, daß sie da sind. O meine Sophie, ich eilte hieher, um sie zu beruhigen. Erholen sie sich, wir sind ja alle da, alle bey ihnen. — Wie unendlich theuer macht mir sie diese Angst um das Leben des besten Vaters.

General. Nicht so, Graf, nicht so!

Graf. Sie sind am Leben — sind unverletzt in meinen Armen. Gott sey Dank!

General. Wenn ich todt wäre, dann, Gott sey Dank, dann!

Graf. Woher dieser schreckliche Wunsch?

General. Ich träumte, das Mädchen sey eine gehorsame Tochter. Wollte Gott, die erste feindliche Kugel hätte den grauen Kopf zerschmettert, und ich wäre mit dem Traume aus der Welt gegangen.

Graf. Sie aus aller Fassung, Sophie betäubt, ihre Nichte in Thränen — Gott, was ist hier vorgegangen?

General. Besser, sie wären nicht gekommen — warum auch — erfahren — müßten sie's doch — Fassen sie sich — zwar für Nachrichten der Art giebt es weder Vorbereitung noch Fassung; — ich komme hieher, und finde ihre Braut — morgen ihre Frau, in den Armen eines andern.

Graf. Sophie! in den Armen eines andern?

General. Sophie, meine Tochter — und in wessen Armen?

Graf. Vollenden sie.

General. In den Armen des Verräthers, der seinen Posten verließ. Nicht genug, daß seine Ehrlosigkeit meine grauen Haare —

Louise. Um Gotteswillen, halten sie ein, sie hälts nicht aus.

Graf. Ich habs vermuthet, ihre Schwermuth, ihr Schrecken bey der Nachricht von unserer Verbindung. So nahe an dem Gipfel meines Glücks, noch eben so schwärmerisch entzückt, über das rührende Fest unsrer Verbindung! O Sophie, du wußtest mich dem Abgrund so nahe, und schwiegst! Verdiente ich das? Hätte die Bosheit eines Feindes mich sinnreicher verfolgen, mich grausamer tödten können, als diese Gleichgültigkeit gegen einen Mann, der kein größeres Verdienst kannte, nach keinem größern Verdienst rang, als nach dem, dich Undankbare zu lieben. — O ich Unglücklicher!

General. Und ich dann?

Graf. Würdiger gekränkter Vater! — ich sollte sie

beruhigen, und ich zerreisse ihr Herz! Aber was kann ich in dem Augenblick über Leiden der Art beruhigen? Ich muß sie verlassen. Ich kann nicht —

General. Bleiben sie —

Graf. Was fordern sie von mir?

General. Daß sie Zeuge sind, von meiner Gerechtigkeit.

Sophie. Bleiben sie, Vater. Behalten sie ein Herz für die unglückliche Sophie. Ihre Gerechtigkeit wird die strafbare Tochter nicht verdammen.

Louise. Erbarmen sie sich ihres Zustandes.

Sophie. Schmerzliche Reue wird meine Tage verkürzen. Büssen für das Unrecht das ich begieng. Haben sie alles Mitleid verbant, mein Vater? (zum Grafen) Sie sind so ein guter Mann, o reden sie für mich, bey ihm — der seine Tochter nicht mehr hören will. Reden sie für ein armes Geschöpf, das keine Hoffnung hat.

Graf. Ich fühl es nur zu sehr, daß ich nie aufhören werde, sie zu lieben. (zum General) Wenn meine Bitte —

General. Kein Wort, Graf, kein Wort — sie werden ihren Zustand verschlimmern.

Graf. Wenn sie jemals —

General. Noch einmal, ich bitte, kein Wort für sie.

Graf. So lassen sie mich. Ich bin des Ausbruchs meiner Schmerzen nicht Herr, auch wäre ich Sophiens unwürdig, könnte ich es seyn. Der Anblick meines Leidens würde ihren Schmerz zur Wuth gegen den Urheber reizen. Ich beschwöre sie, erinnern sie sich, daß ich nie aufhören werde, Sophien zu lieben. Um meinetwillen schonen sie ihrer. An ihrem Leben hängt das meinige. Ihre Nachsicht, ihre Güte wird Reue, wird Wiederkehr wirken. Ich verlange keinen Ersatz für meinen Kummer, als daß Sophie glücklich ist. (reißt sich vom General los) Entweder sie lassen mir noch einen Schatten von Hofnung, oder sie überlassen mich der Verzweiflung. (ab)

Neun-

Neunter Auftritt.

Sophie. Louise. General.

Louise. O, wenn sie je Erbarmen gefühlt haben, zu ihren Füßen beschwöre ich sie, schonen sie der Unglücklichen.

Sophie. Hör auf zu bitten, Schonung wäre Versündigung an mir. — Es wird bald aus seyn!

General. (geht einige Schritte auf und nieder, tritt dann vor Sophien hin) Ich liebte dich sehr — ich erzog dich mit ängstlicher Sorgfalt — ich baute alles auf dich — ich wollte morgen mein Werk an dir vollenden. Du konntest mich über dein eingebildetes Glück Freudenthränen weinen sehen. — Ich darf dem Gedanken nicht nachhängen, oder, ich vergesse meinen Vorsatz — — — wie kam er hieher? Antworte —

Sophie. Gott! wo nehm ich den Muth her?

General. Wo du den Muth hernahmest — — Antworte!

Sophie. Ich kann nicht — meine Angst — der Anblick ihres Schmerzens —

General. Wird dich wenig rühren, da der Anblick meiner Freude an dir, dich nicht vom Laster bewahren konnte. — Liebst du den Baron? Bekänntniß allein mildert deine Schuld, und meinen Zorn. Antworte.

Sophie. (Nach einiger Unentschlossenheit, standhaft, doch mit niedergeschlagenen Augen) Ich liebe ihn.

General. Wenn war diese Zusammenkunft von ihm veranstaltet?

Sophie. Von mir ward sie heut erbeten, erfleht.

General. Wie heut', an dem Tage, da —

Sophie. Wollt ich nicht meine Pflicht thun! Wollt ich nicht mich selbst bestrafen! Es sollte das leztemal in meinem jammervollen Leben seyn, daß ich ihn sprach.

(mit äusserster Wehmuth) O lassen sie das für mich reden!

General. (nachdem er etlichemal auf und nieder gegangen) Wohl! Höre meinen Willen: versprich ihn zu befolgen, und ich will dann sehen, ob ich werde vergessen können, daß du mich hintergehen konntest — will dir verzeihen.

Sophie. O mein Vater!

General. Still! Höre mich an — Ich wünsche, daß der Graf dir vergeben möge — Ich glaub' es auch. Ein Jahr lang sollst du Zeit haben, des Grafen Zutrauen durch Reue und Liebe wieder zu gewinnen. Ich möchte dich gern glücklich sehen. Ich bin alt — und doch ein ganzes Jahr. Sagen sie, Nichte — sag selbst, bin ich rauh? ist das hart? — Kann eine gute Mutter mehr Schonung für die entferntesten Bedenklichkeiten eines schwachen Mädchens haben? Ich frage dich in diesem Augenblick, wo dein Gewissen dir sagen muß: du warst mehr als schwach — Konntest du das von mir erwarten?

Sophie. Nein, mein Vater, nein!

General. Sey dankbar! In einem Jahre hast du Zeit genug, dich von einer elenden Leidenschaft los zu machen, die dich entehrte, dir den innerlichen Frieden raubte. Versprich mir das — und vergessen sey alles. Ich sollte nicht so schnell verzeihen — aber ich kann mit niemand lange zürnen — könnte ich es mit dir? — Versprich mir das, und stärker noch will ich es nach diesem Vorfall fühlen, wie glücklich der Vater ist, der eine gute, gehorsame Tochter hat. Ich will nie an dieser Verirrung denken, ohne dich zärtlicher an mein Vaterherz zu drücken, ohne dir inniger zuzurufen: meine Sophie! (sie umarmend) O Mädchen! Mädchen! nie warst du mir so theuer als izt, da ich dir Unrecht an mir zu verzeihen habe.

Sophie. Um dieses Gefühls willen, und — wenn ich das für mich anführen darf — um dessentwillen,

Weil

weil sie mir noch nie etwas zu verzeihen hatten. — Barmherzigkeit, Barmherzigkeit für mich! Vergebung für das, was ich izt sagen will, — sagen muß.

General. (stuzt) Ich habe dir vergeben — du hast nichts zu sagen. Kannst nichts mehr sagen, das Vergebung bedürfte — (kalt) Rede.

Sophie. Ihre Güte vermehrt meine Schuld. Sie thun mehr, als ich erwarten durfte, mehr, als sie für eine ungehorsame Tochter thun sollten. — Aber — Gott! sie werden mich hassen.

General. (unterdrückt seine Heftigkeit) Rede.

Sophie. (mit äusserster Aengstlichkeit, ihren Vater zu beleidigen) Weniger — würde hier mehr seyn.

General. Wie? ist denn —

Sophie. Wird der Graf mich jemals lieben können? wird er vergessen können —

General. Er wird dich lieben — er wird vergessen —

Sophie. Lassen sie vor aller Welt mich verbergen. Lassen sie mich in einem Kloster durch Thränen der bittersten Reue mein Vergehen wieder gut machen. Lassen sie mein Schicksal eine Warnung seyn, für jedes unvorsichtige Mädchen, für jede ungehorsame Tochter — Nur fodern sie nicht — daß ich jezt, da sie alles wissen, einen so würdigen Mann unglücklich machen soll. Er wird mein Herz nie besitzen. Ich kann keine Heuchlerinn seyn, ich darf sie nicht hintergehen. Tiefe Achtung, wahre Freundschaft — werd' ich ewig für den Grafen haben, aber — und sprach' ich mein Todesurtheil — Lieb hab' ich nur für Albert.

General. Und ich keinen Segen für dich! (in äusserster Verzweiflung) Hartes, undankbares — und ich konnte glauben — es ist als ob jede dieser Thränen meine alten Augen ausbrennen wollte — Weh' über dich! du hast meine offenen Arme zurück gestossen. — Weh' über dich! Bis an den Rand des Grabes gieng ich heiter, und in Verzweiflung will mich meine Tochter hinab stürzen. — Du siehst mich nie wieder, als dort — wo ich dein Ankläger bin! (Er geht ab)

Dritter Aufzug.

Erster Auftritt.

Louise. Der Graf.

(Beyde in einer Retirade, die ein langes Gespräch voraussezt)

Graf. Also keine Hofnung?

Louise. Wenn sie auf ungetheilte Liebe Anspruch machen? Keine, lieber Graf.

Graf. Mein Unglück ist so neu, ich kann den Gedanken nicht fassen, ich, keine Hofnung bey Sophien —

Louise. Ihr Schicksal schmerzt mich! Sie verdienten so glücklich zu seyn. Aber wenn sie irgend einiges Mitleiden mit der traurigen Lage ihrer Sophie haben, wenn sie ihr beweisen wollen, wie uneigennützig sie lieben, wenn sie nicht geradezu ihr Unglück wollen, so erlauben sie mir, eine Bitte bey ihnen, für das arme Mädchen zu thun.

Graf. Sagen sie, was kann ich thun — ich will ja gern, ich will ja alles — ich bin zu betäubt, ich kann auf nichts denken, aber wenn ich mit der ärgsten Marter nur irgend den kleinsten Theil ihrer Leiden verringern kann — mit tausend Freuden will ich es, ewig will ichs ihnen danken. O sagen sie, sagen sie mir —

Louise. Nicht diese freudige Erwartung, Graf — meine Bitte ist wider sie gerichtet —

Graf. Wenn ich sie erfülle: nützt es Sophien?

Louise. Es rettet sie.

Graf.

Graf. Und sie können zweifeln? Lassen sie mich keinen Augenblick verweilen.

Louise. Ich habe dem Onkel die Geschichte von Sophiens unglücklicher Liebe, so treu, so umständlich erzählt, als ihnen, als ich sie weiß. So sehr ihm das beweisen sollte, daß es keine vorüber gehende flüchtige Neigung, daß es heftige, dauernde Leidenschaft ist, womit sie den Baron liebt, so wenig scheint er von seinem Plan in Ansehung ihrer Verbindung abzugehen. Seyn sie großmüthig. Sophiens Schicksal steht bey ihnen — entsagen sie selbst dieser Verbindung — Freylich — ich fodere viel.

Graf. Ich glaube ja. (nach einer Pause) Es ist doch schrecklich, daß ich selbst mich überzeugen soll, sie, die morgen meine Gattin werden sollte, kann nicht glücklich seyn, ohne daß ich ihr entsage. — (nach einer langen Pause) Auch das wollte ich — auch das — Aber ich würde ihr schaden, ich würde dadurch meinen Kredit bey ihrem Vater verlieren.

Louise. Wie so?

Graf. Bestärkt' ich ihn nicht vor kurzem selbst in seiner Hofnung, betheuert' ich ihm nicht, dies allein gebe mir Muth zu leben; würde er nicht merken, woher diese schleunige Veränderung entstanden wäre? — Geben sie mir ein anders Mittel an, sey es schwerer als dies — ich gebrauche es.

Louise. Ja, ihre Bedenklichkeit ist gegründet. Sagen sie ihm denn, es würde Sophien künftig leichter fallen, seinen Willen zu erfüllen, als es ihr fallen würde, ihm jetzt zu versprechen, daß sie das thun wollte. Gewinnen sie es über sich. Reden sie mit Eifer für diesen Vorschlag.

Graf. Das werd' ich — denn während sie reden, finde ich so viel Wahrscheinlichkeit in dem was sie sagen — so viel — daß ich nicht an meinem Glück verzweifle. O Fräulein, sollte ich nichts hoffen? —

Die Zeit, und eine Fürsprecherin, wie sie — muß ich nicht hoffen?

Louise. Sie sind so edel: Undank, Grausamkeit wär' es. Selbst Sophie würde es mißbilligen, (mit Bedeutung) wenn ich sie auf den Anfang unserer Unterredung verweisen wollte.

Graf. Nicht wahr, sie würde es mißbilligen?

Louise. Gewiß. Denn sie ist dankbar.

Graf. Nur weil sie dankbar ist? (wild) und wofür will sie denn dankbar seyn?

Louise. Nein. Vielleicht —

Graf. Vielleicht? nun? Vielleicht?

Louise. (mit Verlegenheit) Willigt mein Onkel in ihre Bitte.

Graf. Ist ihr Herz so kalt, der Zustand hoffnungsloser Liebe ihnen so fremd, daß sie nicht wüßten, daß ein Wort, ein Laut, das Herz beleben und zerfleischen kann? Vielleicht! (mit einem Seufzer) O es liegt zu gewissen Augenblicken so viel erquickendes, heilendes in dem Worte — und sie konnten es zu so einem bittern Nachsatze mißbrauchen? (mit Zärtlichkeit ihre Hand ergreifend) Wollten sie nichts anders damit sagen?

Louise. Nein. Was hätte ich sagen können?

Graf. Viel, sehr viel. Auch wollten sie. Mitleiden erweichte sie. Sie wünschten mir gutes sagen zu können, ihr gutes Herz riß sie hin. Sie vergaßen sich. Sie wollten mir Hofnung machen; aber die eiserne Unmöglichkeit schwebte vor ihnen, sie hielten inne. Sie haben mir vorhin gesagt, ich hätte keine Hofnung, das hat mich erschreckt. Aber dieses Innehalten — in dem Augenblick der Rührung, wo ihr gutes Herz so gerne aufmuntern wollte — dieses Innehalten — überzeugt mich. Es ist schrecklich, seines Unglücks so gewiß zu seyn, daß man nicht einmal mehr zweifelt.

Louise. Hätte ich auch noch einige Hofnung für ihren

ren Zustand, wäre es wohl billig gewesen, durch meine Voreiligkeit Sophien das Verdienst zu rauben, solche selbst bey ihnen entstehen zu lassen.

Graf. Das Mitleiden bewegt ihr gutes Herz zu einer Unwahrheit. Lassen sie uns davon abbrechen. Noch eins — Ist der Baron wirklich so unschuldig, als sie mir sagten?

Louise. Wahrhaftig, das ist er.

Graf. Dann geht er mir doppelt nahe. Ich habe Grund genug, ihn hoch zu achten, ob ich ihn gleich erst seit kurzem kenne. Gott gebe seinem Schicksal eine gute Wendung!

Louise. Wie? Sie glauben —

Graf. Daß sein Betragen, die Proben von Tapferkeit, die er bereits abgelegt hat, seine Richter geneigt machen werden, ihm zu verzeihen.

Louise. O das gebe Gott!

Graf. Ich selbst werde mich für ihn verwenden. Ich bin jedem edlen leidenden Manne meinen Beystand schuldig, (nach einer Pause) werden sie Sophien sagen, was ich für sie thue?

Louise. Ja; und sobald sie nur etwas ruhiger ist, werde ich zu erforschen suchen, was ihre Großmuth für Eindruck auf sie gemacht hat. Wollen sie mir ihre Angelegenheit zu besorgen, überlassen?

Graf. Wie gern!

Louise. Rechnen sie auf meine Behutsamkeit, meinen Eifer, meine Aufrichtigkeit.

Graf. Ich würde sie mit meinen Danksagungen ermüden, wenn ich ihnen nur einen Theil dessen sagen wollte, was ich empfinde.

Louise. Dagegen vergessen sie nicht, daß sie Sophiens Schicksal leiten, daß ich viel von ihnen erwarte, daß sie keine Zeit verlieren dürfen um diese Erwartungen zu erfüllen.

Graf.

Graf. (der sich auf das lezte nur verbeugt) Ich will mich entfernen, damit meine Bemühungen für Sophien und den Baron nicht das Ansehen der Verabredung haben. Ich glaube der General kömmt — Vergessen sie nicht, Sophie! — oder ich entsage der Liebe und der Freude auf ewig. (geht ab)

Zweyter Auftritt.

Der General. Louise.

Louise. Wie gehts, lieber Onkel? sind sie nun etwas ruhiger?

General. Etwas, ja! Obwohl mir vorhin besser war, Wehmuth ist an die Stelle des Zorns getreten; und wenn dann und wann eine Thräne herauf steigen will, so wird sie gleich verdrungen, von der Bitterkeit womit ich über mein Schicksal nachdenke. Einem Stral von Hofnung, der noch matt in diese Nacht schimmert, danke ich es, daß dieses Nachdenken sich nicht in stumme Verzweiflung endigt — Und doch, worauf gründet sich diese Hofnung? auf meine Tochter — worauf gründete sich meine bisherige Hofnung, meine hintergangene Glückseligkeit? — Auch auf meine Tochter.

Louise. Ich bitte, hängen sie dieser Idee nicht so nach, sie vergrössern ihren Schmerz.

General. Du dauerst mich armes Mädchen — du bist so unschuldig an allem dem, und doch kann ich denken, was dein gutes Herz leidet — aber du must Geduld mit uns haben — weine nicht, es wird ja wohl noch besser. — Ach, ich bin ein erbärmlicher Tröster! Ich möchte gern auch weinen — so gern — (wischt sich die Augen) Aber ich kann nicht. — Unbarmherziges Kind! — Mich so betrüben!

Louise. Sie wird alles das wieder gut machen. Haben sie Nachsicht mit der Heftigkeit des ersten Schmerzens.

zen. Sie wird bey keiner ihrer künftigen Handlungen, das Gefühl für ihren Vater verläugnen.

General. Ich fürchte, ich erlebe es nicht. Des Schlags von der Seite, war ich mir nicht gewärtig. Es hat mich zusammen geworfen, — daß ich mich wohl nie recht wieder aufrichten werde! Ich! — der in so mancher Schlacht mein Leben nicht schonte — der ich es verachtete — der ich, im Felde und zu Hause, den Tod nie anders betrachtete, als einen guten Freund, der mich in den Umarmungen der Meinigen überraschen würde. — Ich zittere seit diesem Morgen vor dem Tode, wie ein feiger Verbrecher; es ist, als ob mit der Freude an meiner Tochter, mein gutes Gewissen mich verlassen hätte. — — Doch! — ich muß nicht so reden, denn ich fühle meinen Zustand nur desto mehr. — Ich will munter seyn — wenn mir es nicht gelingt, will ich mich mit Gewalt zerstreuen. Das ist Pflicht, die ich jedem schuldig bin, der mich so beleidigt hätte — Sophien am meisten — denn, je weniger ich leide, — je weniger Verantwortung wird sie haben!

Louise. Es geht mir durch die Seele, sie so reden zu hören.

General. Wollen davon abbrechen.

Louise. Um alles in der Welt nicht, wenn es ihnen Erleichterung verschafft. Auch werden sie mir es zutrauen — daß nur die Besorgniß vom Gegentheil diese Klage bey mir verlassen konnte. —

General. Gutes Mädchen — du bist so besorgt um mich — um meine Ruhe — hast mich so lieb! (mit wildem Schmerz) Meine Tochter thut das nicht! —

Louise. Ein einziger Fehltritt kann einen guten Vater so fürchterlich leiden lassen — Aber die Tochter, die bey dem blossen Gedanken an diese Leiden Muth hatte, ihrer Leidenschaft zu entsagen — wäre die dieses Vaters, dieser Leiden unwürdig? — Auch ich habe geliebt — auch ich — ich weiß, was das ist

 — ent-

— entsagen — ich fühle, daß Sophie Vergebung verdient.

General. Ich danke dir, Mädchen — ich danke dir! — Dein Fürspruch war mehr Wohlthat für mich, als für Sophien.

Louise. Und ihre Verzeihung mir so viel Wohlthat, als Sophien.

General. Wo ist sie?

Louise. Auf ihrem Zimmer. Ich wollte sie trösten, allein sie schickte mich hieher. Dort bedarf man deiner, ich bin ruhiger, wenn ich dich dort weiß. — Ich verließ sie darauf, im tiefen feyerlichen Nachdenken über sich. — Jetzt eil ich zu ihr, um ihr zu sagen, daß der ausgesöhnte Vater ihrer wartet! O ja! ich las recht in ihrer Seele!

General. Ja: Aber sag' ihr — Nein, sag' ihr nichts — Ich will sehen, was meine Güte für Eindruck auf sie macht. Was sie im Ausbruch ihrer Erkenntlichkeit für mich thun wird.

Louise. Alles was ihre Billigkeit fordern, was man nur von einem so guten Mädchen erwarten kann. (ab)

Dritter Auftritt.

Der General. Sie wird kommen — mein Herz schlägt ihr entgegen! O Mädchen, ich fühl es nur zu sehr, daß der Augenblick, wo ich mit dir zürnen muß, für mich der schrecklichste ist. Der Gedanke, die reuige Tochter zu meinen Füßen liegen zu sehen, ist Stärkung für mein altes Herz. In jedem Blick, in jedem Händedruck, in jedem Kuß das Herz sehen, das sich wohl verirren, aber nie der kindlichen Liebe gegen seinen Vater vergessen konnte, o, das ist — ha! sie kommt.

Vierter Auftritt.

Der General. Louise.

General. Wie, du kommst allein?

Louise. Bester Onkel, ihre Kräfte sind erschöpft! Sie schläft! auch die Freude würde für sie zu gewaltsam seyn. Gönnen sie ihr diese Erhohlung, deren sie so sehr bedarf. Sie ruht so sanft.

General. O Gott, ich gönne ihr jede Ruhe, wär' es auch auf Kosten der meinigen.

Louise. Ich werde ihr Bette nicht verlassen, sobald sie erwacht, eilen wir zu ihnen.

General. Gut. (Louise ab)

Fünfter Auftritt.

General. Wie weh thuts mirs diese Freude zu verschieben — es ist als ob aller Schmerz mich wieder eben so gewaltig überfiele, wie vorhin — — Aber was erwart' ich denn nun, wenn ich sie wieder sehe? Ich wünsche alles in seinen vorigen Zustand zurück. Ich vergesse, daß das unmöglich ist, so lange der Baron nicht aus ihrem Gedächtniß vertilgt ist. Was hoff' ich denn nun? — Daß die Unglücklichen sich so gerne täuschen! Verzeihung von meiner Seite — Liebe, Zutrauen von der ihrigen, das sind die ersten Schritte die gethan werden müssen, mein Glück wieder herzustellen. — Die hangen von mir ab. Verzeihung und Vergessenheit des Vergangenen wird meinem Herzen leicht. Vergessenheit — Ich dachte nicht daran, wie schwer das in ihrem Herzen werden muß. — Nun — wie viel bin ich jetzt nun glücklicher als vorhin? — Schlaf, armes Mädchen! Schlaf!

Sechster Auftritt.

Der General. Ein Major. 2 Kapitäns. 2 Lieutenants. Der Auditeur.

Major. Hier, ihr Excellenz, bring ich das Kriegsrecht über den Lieutnant Baron von Thurneisen.

General. Gut, mein Herr. Ich werd' es durchlesen. Nach Befinden bestätigen, (zum Major) und es ihnen dann zur Vollstreckung zusenden.

(Die Offiziers gehen ab)

Siebenter Auftritt.

Der General. (nimmt Verhör und Urtheil, sieht es flüchtig durch, setzt sich um es zu unterschreiben. Steht dann plötzlich auf) Das war rasch — das war rasch! Ein Urtheil von der geringsten Bedeutung unterschrieb ich nie so schnell. Was war das? Doch nicht in Rücksicht auf meine Kränkung? Doch nicht Rache? Ich hoffe nicht — ich hoffe nicht! — Nein! ich hätte vergessen können, daß ein Zug mit der Feder den Tod gelte? Nein, gewiß nicht — Aber ich wollte doch schreiben? ich muß mißverstanden haben. Das muß ich — (wild) Das hab' ich auch! — So weich sonst, und so rasch zum Verderben — Aber der Fall ist zu bestimmt, das machte mich eilfertig. (nachdem er etlichemal auf und nieder gegangen) Es war eine schlechte Handlung dieser Griff nach der Feder, ich habe es nicht verdient für das was ich heute trug, daß mein Unglück mich auch noch zu einer schlechten Handlung verleiten mußte! (nachdem er einigemal auf und nieder gegangen) Nun will ich lesen — was ich nun thue, Gott! das verantwort' ich vor deinem Gerichte. (nachdem er lange gelesen, wirft ers auf den Tisch) Ohne Rettung — (ergreift es wieder) Oder wär etwa — (nachdem ers nochmal durchgesehen,

sehen, legt ers wieder hin) Unmöglich! Keine Rettung! Nun denn, ich mag Hausfreuden wieder erleben oder nicht, ich verzeihe dir. Unglücklicher! könnte ich dich retten, ich würde — würde mehr thun, als um meinen Sohn, um es gut zu machen, was ich vorhin verdarb, das weiß Gott, ich würde; aber es ist nicht möglich. (Er unterschreibt langsam, und ohne Kampf.) Geschehen ist's, Gott gebe ihm Erkenntnis, daß ich nicht anders handeln durfte, konnte — und Muth zu sterben.

Achter Auftritt.

Der General. Der Graf.

General. Armer Junge, wie gehts? — Ach Gott! wir sind unglückliche Leute geworden. Suchen sie Trost, denn müssen sie mich meiden.

Graf. Sie zu trösten, komm ich.

General. Sie sind ein schlimmer Arzt. Was ihre Worte heilen möchten, riße ihr Anblick wieder auf. (Pause) Was das in einem Tage für ein fürchterlicher Wechsel von Begebenheiten ist, ich war von der Seite so verwöhnt an Glückseligkeit. In meinem Alter ist es schwer, eine Gewohnheit abzulegen.

Graf. Der Baron hat mich dringend ersucht, mir die Erlaubnis anszuwirken, ihn besuchen zu dürfen. Kann ich sie für morgen oder übermorgen erhalten?

General. Für heute, Graf, denn morgen — ist er nicht mehr.

Graf. Wie?

General. Hier ist sein Todesurtheil.

Graf. Unwiederruflich?

General. Durch Kriegsrecht — unwiederruflich!

Graf. Edler, unglücklicher Mann! — Ich weiß,

wenn

wenn Rettung möglich ist, bedarfs bey ihnen nicht erst der Bitte. Also frag' ich nur. Auch sind sie überzeugt, daß von meiner Seite in dieser Frage aller heiße Drang des Ungestümms und des Flehens liegt — ist keine Möglichkeit? Durch meinen Kredit, durch mein ganzes Vermögen — keine Möglichkeit, keine Hofnung zur Gnade?

General. Keine. Ich schätze sie hoch um diesen Antheil an ihm; so wie meine erste Hitze vorüber war, sah' ich in ihm nur den unglücklichen Mann, ich bedauerte ihn von Herzen; mehr kann ich nicht. Leider! — mehr kann ich nicht.

Graf. Das ist hart — so wahr Gott ist, das ist hart!

General. Wohl hart! — Und eben darum ist mirs lieb, daß sie zu ihm gehen. Sagen sie ihm, daß ich ihm alles von Grund der Seele vergebe, daß mein Segen, mein Gebet ihn zum Tode begleiteten — fragen sie ihn, ob auf der Welt nichts mehr ist, wodurch ich seinem Herzen eine gute Stunde machen könnte — Ich würde mit Aemsigkeit darnach streben. Sagen sie ihm alles von mir, was sie glauben, das ihm Erleichterung schaffen könnte — bleiben sie lange bey ihm, wenn sie es aushalten können. — Sagen sie ihm, sie hätten mich über sein Schicksal weinen gesehen.

Graf. Süß, wie Begnadigung, wird ihm der Antheil seyn, den sie an ihm nehmen. Wer stürbe nicht leichter, wenn er von ihnen beweint wird.

General. Laß uns immer menschlich und mitleidig seyn; wer weiß was auch aus uns noch wird — Ich bin bereit, was Gott will!

Graf. Muth im Sturme, mein Vater. Wir werden auch wieder landen im Hafen, wo Frieden unser wartet. (gehen ab)

Neunter Auftritt.

Gefängnis.

Der Baron von Thurneisen. (tritt herein, geht einigemal auf und nieder, eh' er redet) Todt also! — Todt — in wenig Stunden todt!!! — Todt? — Und wenn ich es ausdenke, daß ich mich in Schrecken verliere — warum liegt in dem Worte nichts, das mir Schauer für die Sache selbst einflößen könnte! Ist es Betäubung? Ist es Bewußtseyn des Guten? Sophie — Trennung — ich kann ja die Dinge zusammen halten, und ich habe alle Fühlbarkeit für die Schrecken die darin liegen! Betäubung ist es nicht! — Religion, Leidenschaft, Herz! kann ich diese Dinge in Beziehung auf mein Leben denken? Flößt mir keines dieser Worte Schauder ein? — — Nein! also Bewußtseyn des Guten — Gott, dafür danke ich dir! Doch — ich bin nicht furchtsam, nicht unruhig — doch ist mir nicht so, als ob zwischen gestern und heute nichts vorgefallen wäre. Feyerlich fremde ist mir alles; das liegt am Orte, daß ich ihn hier erwarten soll, den Tod, an dem Orte, der seit Jahrhunderten bestimmt ist, Thränen Aechzen, Wahnsinn, Gebet und Verstockung einzuschließen, daran liegt es.

Zehnter Auftritt.

Der Graf. Der Baron.

Baron. Herr Graf — — — Das was vorgegangen ist, meine Achtung für sie, ihre Gegenwart — vergönnen sie mir einen Augenblick mich wieder zu fassen. (nach einer Pause) Ich bin unglücklich — sie haben ein Herz — Von diesem Herzen wünsche ich Theilnahme —

Graf. Und sollen sie finden.

Baron.

Baron. Ich bin unschuldig, so unschuldig, daß ich Unrecht an mir begienge, wenn ich sie um Verzeihung bäte. Ich versichre ihnen das — bey meiner Ehre.

Graf. Ich bedaure sie, Baron.

Baron. Habe ich sie überzeugt, Graf?

Graf. Ja.

Baron. Mein Beweis ist kurz — aber ich kann zurück sehen auf mein Leben, und Aug in Aug ihnen sagen — er ist wichtig und gültig.

Graf. Ich kenne sie und bin überzeugt!

Baron. Ueber diesen Punkt mußten wir erst einig werden, ehe ich ihnen meine Wünsche sagen, ihnen für ihre Hülfe danken kann.

Graf. Hülfe? wollte Gott!

Baron. Theilnahme in diesem Augenblick ist Hülfe, die ihrige mir mehr als Hülfe — Ich kann den Zustand worinn sie sich befinden mir denken, aber ich konnte nicht aus der Welt gehen, ohne sie von meiner Unschuld überzeugt zu wissen. Ich kenne niemand, Graf, als sie, dessen Seele männlich genug wäre, mit mir hier auszuhalten. Ich fühlte mich dessen werth, ich bat — sie kamen, ich weiß, ich bedarf keiner weitern Entschuldigung.

Graf. Baron, sie sind in einer Fassung, die ich bewundern, aber bey Gott! nicht erreichen kann. Ich hindere sie. Sie finden an mir nicht den Mann, dessen Muth dem ihrigen gleich gestimmt wäre. — Es ist ihnen besser, ich verlasse sie.

Baron. Es ist betrübt und schmerzlich um jemanden zu seyn, der in meinem Fall ist — Ich weiß es aus Erfahrung. Weniger schrecklich ist es, wenn der Leidende dem Tode ruhig entgegen sieht. Das werden sie an mir finden. Ich bitte sie, verlassen sie mich noch nicht.

Graf. Sie sind unbegreiflich standhaft.

Baron. Auch wär ich es anfangs nicht — Ich hatte eine böse Viertelstunde als ich zuerst hieher kam — dachte warum ich hier war — und wer mich bis zu diesem warum gebracht hat! — Mein Schicksal stellte sich mir in seinen schwärzesten Gestalten dar. Ha! dacht' ich, hier soll ich verlassen von allen, die Todesangst leiden! hier, wo verhärtete Verbrecher, des Gerichts und der Ewigkeit spotteten, wo der Boden die brennenden Thränen elternloser Unschuld gierig verschlang — wo es dem unterdrückten Rechte gekränkter Greise Labsal war, mit lachender Verzweiflung die Nägel in diese Mauern zu graben; für alle meine Liebe ist der Lohn — unrühmlich und schändlich; eine Kugel durch dies Herz! — Ich zwang mich diese Ideen niederzukämpfen, desto stärker drängten sie sich hervor. Ich gerieth in Verzweiflung, in den höchsten Grad der Verzweiflung. — Ich — alles will ich bekennen — ich war im Begriff mein Gehirn an diesen Wänden einzurennen; eine gewaltige Empfindung hielt mich zurück, Todesfurcht war es nicht; auch nicht mein warnendes Gewissen — Es war der Segen meines Vaters, der in dem Augenblick von mir weichen wollte. Ich hielt inne, die Religion stand mächtig mir zur Seite, und entriß mich dem Selbstmorde — da stand ich nun — fühlte mich wohl, daß ich jetzt Herr über mich geblieben war. Je besser ich mich fühlte, desto unverdienter schien mir mein Schicksal; desto schmerzlicher war die Empfindung die in mir stürmte. Sie stieg hoch, sehr hoch; ich war in jedem Verstande so außer mir, daß ich von allem was in mir vorgieng nichts mehr weiß, als daß ich zuletzt ausrief — Sophie! Sophie! und als ob eine Stimme über mir meinen Ausruf zur Anklage machte, so war mirs, als dieser Name von den triefenden Gewölben des Kerkers zitternd auf mich zurückhallte. Ich erwachte — und man mich dann vor das Kriegsrecht abrief.

Graf. Ich weiß ihr Urtheil; was ich dabey — was mein Herz — armer Freund! aber wenn irgend eine Hofnung —

Baron. Nichts davon; edler Mann. Ich und Hofnung steh'n nie mehr beysammen. Das ängstigt mich nicht — aber ich weiß es.

Graf. Ihre Richter werden —

Baron. O lassen sie uns nicht von ihnen reden.

Graf. Wie hätten sie —

Baron. Man ist mir nicht gut begegnet — weniger um meinetwillen, das trauen sie mir zu; als zur Ehre der Menschheit wollte ich, man wäre es nicht. Ich wußte vorher was ich zu erwarten hatte; ich beantwortete aufrichtig jede Frage. Hörte dann mein Urtheil, und ich glaube, ohne daß ich einen Zug im Gesicht verändert habe. — Aber — lassen sie mich davon schweigen — Ich möchte bitter werden; das wäre Undank gegen sie, großmüthiger Mann; der sie mir alles reichlich ersetzen, was ich gelitten haben kann.

Graf. Ich bitte, reden sie; und ist das geringste unregelmäßige in dem Prozeß gegen sie —

Baron. *) Das nicht. O, man war sehr regelmäßig! Aber reden will ich, damit sie die Unglückliche meiner Verzeihung versichern können. Der Augenblick kömmt, wo einem so etwas auf der Seele liegt. Kömmt er spat, doch dann, wenn man im Begriff ist aus der Welt zu gehen. Gott bewahre mich, Anlaß zu geben, daß die schwächste Erinnerung an das kleinste Uebel den Schritt einmal jemand erschweren sollte; um so weniger, da ich weiß, wie wohl es thut, wenn einem leicht ist. — (Pause) Wär ich der Mann, der Freundlichkeit für Hofnung nähme, kennte man mich nicht zu gut, als daß ich fähig wäre, unter diesen Umständen um mein Leben eine Bitte zu wagen, — dann wäre mir Recht geschehen. Ich weiß, die Gesetze, die her-

gebrachte

*) Ich bitte jeden Schauspieler diese Rede nicht zu streichen. Mit gehöriger Abwechselung gesagt, ist sie nicht zu lang.

gebrachte Form versüssen die Bitterkeit des Urtheils nicht. — Aber wenn die Richter den Unglücklichen der zum letztenmal vor ihnen steht, mit hämischer Kälte, mit teuflischem Hohne martern — so martern, daß es ihm die Unpartheilichkeit des Gesetzgebers verdächtig; seine billige Kälte verfluchen machen könnte, das ist nicht Fehler der Gesetze, ist Fehler des Richters der hier liegt. (aufs Herz zeigend) Ich war so aufgebracht; daß ich die Frage: ob ich noch etwas zu sagen hätte? nur mit einem Kopfschütteln beantwortete. Hätt' ich auf dem Gesichte des Besten unter ihnen nur etwas gelesen, das Mitleiden verrathen hätte, auch noch so unleserlich; ich hätt' es ja gern finden wollen. Indeß nur etwas, ich wäre zufrieden gewesen. Aber kein Wort, keine Miene, kein Blick, kein höfliches Achselzucken — ich habe gefehlt — sehr gefehlt; das weiß ich alles. — Mein eignes Gefühl über diesen Fehltritt ist so bitter, so herznagend, daß es meine Feinde zur Versöhnung zwingen sollte. Aber mein übriges Betragen giebt mir das Recht auf das Mitleiden meiner Richter Anspruch zu machen. Ich gieng fort, mit einer Bitterkeit, von der ich fürchtete, ich würde sie nie verlieren. — Doch traute ich mir selbst nicht. — Noch einmal sah ich rund um mich her, also von allen, vom Höchsten bis zum Niedrigsten; von allen die Zeuge waren des Eifers, womit ich mich so oft der Unglücklichen annahm; der Wohlthaten, welche ich selbst ihnen erzeigt hatte, von allen keiner; dem sein Herz zuriefe: es geht ein ehrlicher Kerl mehr aus der Welt. Keiner? — bey Gott! keiner! Indem gab der Profos mir meine Ketten wieder. Ich fühlte meine Hand naß, sah sein Auge in Thränen. —. Ah! dacht ich, es gibt doch noch Menschen. Ich schämte mich meiner Bitterkeit. Ich ward gerührt, sehr gerührt; auch muß ich den Mann noch sehn, der, abgehärtet vom Beruf, ohne mir Verbindlichkeit schuldig zu seyn, auf diese Hand seine Thränen fallen lies. — (Pause) Und nun noch einmal meinen

 Dank;

Dank, daß sie kamen. Verwendete ich mich je um die gute Sache, litte ich darum, war ich eifrig in der Bildung meines Herzens, so ist das reichlicher Lohn dafür, in solchen Augenblicken einen Mann, wie sie sind um sich zu haben.

Graf. Himmel und Erde möcht' ich zu ihrer Rettung in Bewegung setzen, und kann nicht fort, ihre Männlichkeit erschüttert, entnervt mich. Meine eigne Leiden vergaß ich bey ihrem Anblick, daß noch irgend ein Geschöpf außer ihnen leidet, hab ich jetzt vergessen. Ich kann ihnen nicht alles so sagen. Mein Herz ist zu voll, ich bin so angst, diese Thränen müssen für mich — nein, keine Thränen, Thränen sind ansteckend. (ergreift des Barons Hand und legt sie auf sein Herz) im gräßlichsten Schmerz, selbst im Entzücken der Liebe, schlug dies Herz nie so als itzt beym erbarmungswürdigen Schicksale des Mannes den nur sein Engel, ein Wunder, Gott selbst nur retten kann. (wirft sich in die Arme des Barons)

Baron. Graf — das wußt ich, daß sie der Meinung entsprechen würden, die ich von ihnen habe. — (nach einer langen Pause) Ha! hab ich ihnen nicht vorgeplaudert, als ob wir noch viele Jahre zusammen zubringen würden? Und doch — nur noch diese Nacht! — Je nun, das mag ihnen Bürge seyn, wie gelassen ich dieser Stunde entgegen sehe — Nun Graf, zu meiner Bitte. Zuerst Sophie — brauch ich mehr als ihren Namen zu nennen, um von ihnen verstanden zu werden?

Graf. Mehr nicht.

Baron. (mit äusserster Wehmuth) Also noch einmal Sophie — — (eine lange Pause. Er steht mit gefalteten Händen, auf die Erde geheftetem Blick, er schluchzt laut, deckt das Gesicht mit beyden Händen, rennt darauf mit Heftigkeit an einen Pfeiler des Gefängnisses; indem der Graf zu ihm kommt, faßt er sich wieder)

Graf.

Graf. Gott, was haben sie vor?

Baron. Ich nahm Abschied von ihr.

Graf. Gott!

Baron. Dann, die Verzeihung des Generals, und eines Mannes, den ich unglücklich gemacht habe —

Graf. Wer könnte das seyn?

Baron. Sie. (sie umarmen sich)

Graf. Der General hat um sie geweint — ein Mann wie er, weint nur um das Verdienst, weint, daß er nicht handeln darf —

Baron. Das rührt mich tief. — Gott gebe ihm Ruhe, dem würdigen Greis! — dann, das Geschäft das mir so sehr als alles am Herzen liegt — sie kennen meine verheyrathete Schwester — Es ist ein Weib — wie es wenige giebt. Ihr dank ich meine Erziehung: meine Grundsätze, meine Religion. Alles was mich diesen Augenblick ertragen macht. Sagen sie ihr, daß meine Laufbahn geschlossen ist, aber ihrer werth. Sagen sie ihr — seyn sie ihr Bruder.

Graf. Das will ich.

Baron. Nun bin ich ruhig. Für mich hab ich nun nichts mehr zu wünschen; aber Sophien und ihnen, Ergebung und Ruhe — ich will mein Testament machen, dann hoff ich sie wieder zu sehen. Itzt lieber Graf, haben sie Erholung nöthig.

Graf. Erholung? Ja, gieng ich mit ihnen gleiches Weges! —

Baron. Nicht so! sie bekümmern mich —

Graf. Ihr Schicksal ist plötzlich, schrecklich! Gleichwohl, wenn man bey gutem Gewissen, Philosophie genug hat, die äußerlichen, feyerlichen Schrecken der Todesart abzurechnen, wo liegt denn das Schreckliche? — zwanzig, dreissig Jahre habe ich vielleicht noch zu leben, verblute mich langsam, trage immer schwerer, und die Kraft zu tragen schwindet immer

 mehr

mehr und mehr. Ich habe nicht Macht genug für das Ganze Gutes zu wirken: ich werde miskannt von allem was um mich herum ist, oft nicht verstanden von denen, bey deren Herzen und Gefühl ich Trost suche. — Muß da verwesen, wo ich aufkeimte; sehe keine unbezahlte angenehme Besorgnis um mich, als höchstens die, wie man mich begraben will. — O Baron, ich gesteh es, ich bin kleinmüthig genug, lüstern zu seyn, nach dem Augenblik, wo ich, Arm in Arm, mit ihnen den Freund erwarten könnte, der uns von hier führte.

Baron. Ruhe! Freund — Ruhe! sehen sie mich an, als ob ich ihnen schon von dort zuriefe: Duldung!

Graf. Daß uns ein Begräbnis vereinigte! wir wären glücklich.

Baron. Sie sind die Stütze derer die hier bleiben. Ich bitte sie, bedenken sie das. Bedenken sie, daß mir das meine Todesstunde erleichtert — verlassen sie mich. Oder sie machen mich wehmüthig. Der Rath des Sterbenden hat sonst mächtigen Eindruck auf die Zurückbleibenden. Auch der Meinige wird es bey ihnen haben. — Jetzt noch sprech ich mit ihnen — sage ihnen: Ergebung! Duldung! das ist die Losung die sie durchs Leben führt. In drey Tagen wächst Gras und Vergißmeinnicht über mir. — Wenn sies dann nicht aushalten können, ihnen überall zu enge ist, sie nirgend Trost finden, dann zu mir, auf meinem Grabe finden sie Ruhe, das sag ich ihnen, mit der Begeisterung, mit der Gewißheit, als wär ich schon zu der Kenntnis der heiligen Geheimnisse eingeweiht — auf meinem Grabe finden sie Ruhe.

Graf. Sie haben mich so gewaltig —

Baron. Gute Nacht!

Graf. Es ist die letzte —

Baron. (sich von ihm losmachend) Auf Wiedersehen!

Vierter Aufzug.

Zimmer vom ersten Aufzug des Generals.

Erster Auftritt.

Der General (in Uniform, sitzt in einem Lehnstuhl), Der Major, hernach der Graf.

General. (indem der Graf eintritt) Sehr wohl, Herr Obristwachtmeister! (Major ab)

Guten morgen, Graf. Ich hab eine traurige Nacht gehabt. Keine Ruhe, nicht aus der Uniform gekommen; da bin ich die ganze Nacht im Zimmer auf und nieder gegangen, mit was für Gedanken das begreifen sie ja wohl! so wie sich was regte, glaubte ich meine Tochter auf mich zustürzen zu sehen, die sein Leben von meinen Händen foderte. Ich hatte gestern Abend noch eine rührende Stunde mit ihr. Sie kennen ihre Lebhaftigkeit. Ich mußte es ihr wohl hundertmal wiederholen, daß ich es ihr verziehen habe, und jedesmal bat sie mir es noch heisser ab. Ich gieng diese Nacht etlichemal zu ihrem Bette — „Albert! mein Vater!“ rief sie einmal über das andre. In schrecklichen Träumen lag sie da; ihr Schlaf war wie Todesröcheln. Wie ich sie so, unbewußt des Verderbens, das auf sie lauert, sahe, ergrif mich ein fürchterlicher Schauer. — O lieber Gott! so irre auch ich umher, und weiß nicht, was auch meiner noch harret; — sie sprachen ihn also noch gestern?

Graf. Ja.

General. Wie fanden sie ihn?

Graf. Gefaßt! Mit Ruhe und Standhaftigkeit sah

er allem entgegen. Er gab mir Aufträge seine Familie betreffend. — Einer der dringendsten war ihre Verzeihung; worüber ich ihm sagte, was sie wissen, das ich sagen kann. Das Bild des ruhigen Leidens wird nie aus meiner Seele kommen.

General. Lassen sie doch meine Nichte kommen. Ich weiß keine Art ihr den Tod des Barons beyzubringen, vielweniger meiner Tochter.

Graf. (klingelt) (Karl kommt)

Graf. Fräulein Louise! (Karl geht ab)

General. Sagen sie ihr doch was vorgeht.

Zweyter Auftritt.

Louise. Vorige.

Graf. Arme Freundinn! sie dauern mich, so oft ich sie sehe — was weiß Sophie von des Barons Schicksal?

Louise. Daß er in Arrest ist. Sie ist ruhig über ihn, seit ihr Vater ihr verziehen hat; sie glaubte, daß seine gute Gesinnung gegen sie auch Einfluß auf ihn haben würde. Ich bestätigte sie in dieser Meinung, da ward sie ganz ruhig — oder hätt' ich das nicht bestätigen sollen?

Graf. Liebe Louise — es war ein heilsamer Betrug.

Louise. Großer Gott! also —

Graf. Nehmen sie ihre ganze Standhaftigkeit zusammen — und hören sie, was mich und den General so tief beugt, wie es auch sie beugen wird. — Der Baron wird nicht mit dem Leben davon kommen.

Louise. Armer Mann! — arme Sophie!

Graf. Wir würden ihnen gern den Kummer erspart haben, ihre Freundinn so schrecklich täuschen zu helfen, allein sie mußtens wissen, um alles von ihr zu entfernen,

nen, was diese schreckliche Geschichte ihr hinterbringen könnte.

Louise. Das überlebt sie nicht. Sie erfahrt es früh oder spät. Sie kennen ihre schwärmerische Einbildungskraft. Das überlebt sie nicht!

Graf. (mit Nachdruck) Freundinn — Um unseres würdigen Alten willen — Sophiens willen — thun sie was sie können! (nach dem General hinsehend) Er schläft! Gott sey Dank! — ich will den Baron besuchen — Sobald sie sich wieder gefaßt haben — gehen sie zu Sophien — Verbergen sie ihren Schmerz. Es gilt nichtsweniger als Sophiens Leben.

Louise. Das will ich.

Dritter Auftritt.

Vorige. Sophie. Friedrich (der sie zurückhalten will.)

Friedrich. Ich bin verloren, wenn sie mich verrathen.

Sophie. Fort! fort! (Friedrich ab)

General. (Erwachend. Steht auf) Was hast du? um Gotteswillen! was hast du?

Sophie. (seine Knie umfassend) Sie wissen es.

General. Gott! }
Graf. Armer Vater! } zu gleicher Zeit.
Louise. Weh uns! }

Sophie. Gnade! Gnade! von dir, Richter!

General. Steh auf, Sophie!

Sophie. Gnade! Gnade!

General. Knie nicht, mich zu rühren — O ich —

Sophie. Ich darf nicht anders mit ihnen reden — ich knie nicht, um zu rühren, rühren mag meine Sache. Ich weiß, sie werden begnadigen. Ich weiß es. Vergeben sie es dem bekümmerten Mädchen, wenn es durch seinen Ungestümm sie beleidigte. Ja, sie haben verziehen. — Ich bin nicht würdig ihnen dafür zu danken — mein Leben selbst sey Dank.

General. (wendet sich weg)

Sophie. Wie? sie wenden sich weg? so finster nach einer so großen That — oder täuscht' ich mich — hätten sie nicht? —

General. Sophie —

Sophie. Ihr Wort entscheidet mein Loos auf Zeit und Ewigkeit.

General. Meine Tochter —

Sophie. Wenn ich es noch bin — noch Antheil habe an ihrem Herzen — bey dem theuren Vaternamen beschwör ich sie — Vater — Richter — Gnade! — noch zwey Stunden hat er zu leben — Gnade! — (wirft sich zu seinen Füßen) Rettung! — — (springt auf) Rettung! Gott! indem ich das Wort spreche, geht ein Augenblick vorüber, jeder Augenblick ist so theuer, wie eine Seele.

General. O, daß ich könnte! — aber —

Sophie. Aber — sein Tod liegt auf meiner Seele — ich bin seine Mörderinn — nicht wahr, sie fühlen, um wie viel stärker mein Aber ist, als das ihrige? — Ungerechtigkeit wär es, sein Leben zu schonen? Gerechtigkeit ist es, deren sich Gott und seine Engel freuen. Um uns schwebt der Geist meiner Mutter und fleht sie an, die Seele ihrer Tochter zu retten.

General. Ich leide mit dir. Ich ehre deinen Schmerz. Thue meinem Herzen nicht unrecht. Wer hilft Unglücklichen lieber, als ich. — — Wer endete den Jammer seiner Tochter lieber, als ich?

Sophie. Das sprach der Vater, der sein Herz dem Angstgeschrey seiner Tochter nicht verschliessen — der ihren Jammer endigen wird. — Wissen sie auch, wann

ich

ich ihn das erstemal sah? — (zu Louisen) Das hast du nicht gesagt, bösartiges Mädchen! Das wissen sie nicht. Das können sie nicht wissen — als er einem Unglücklichen das Leben rettete, für den die Richter auch Mitleiden hatten, aber keine Hülfe — sein Verbrechen, daß sie so gräslich ahnden wollen, ist ja nur der Schatten der seine Tugenden in ein glänzenderes Licht setzt. Es giebt der Menschen zu wenige, als daß die Gesetze sie vertilgen dürften — Sie weinen über diese Handlung? Sie wußten sie also nicht?

General. Ich wußte sie.

Sophie. Und! — und —

General. Meine.

Sophie. Sie wissen es? Das wissen sie? — Das! Sie? — Und doch — mehr kann ich nicht für ihn sprechen, als diese Handlung für ihn spricht. Keine Gnade? — Gott erbarme sich meiner! Keine Gnade? Haben die Richter nur Strafe für die Vergehungen einer Liebe, die sie nie fühlten? Belohnung sollten sie dann auch haben, für die Handlung von Großmuth und Menschlichkeit, die sie nie fühlten — Das Verbrechen fand seinen Angeber — lassen sie mich die Tugend verrathen, die Richter müssen doch die angegebene Tugend belohnen. Ich will hin zu ihren Füssen —

General. Bleib!

Sophie. Begnadigen sie ihn?

General. Sophie!

Sophie. Begnadigen sie ihn?

General. Bey Gott dem Allmächtigen! Es steht nicht in unsrer Macht.

Sophie. Armer Albert — meine Gewissensangst war dein Vertheidiger, und der Richter achtete ihrer nicht. Die Liebe war deine Fürsprecherin, und Menschen die auch geliebt haben, wollten sie nicht hören. Deine Begnadigung hätte mich freysprechen können von meiner Schuld, nun stehst du da, und foderst Rache

für

für dich. — Du sollst sie haben! Du sollst sie haben — Man kann also die Richter nicht bestechen? — Das ist gut! Das ist tröstlich! Von diesem Augenblicke an, hören sie auf Vater zu seyn, Richter sind sie über die, die den Edlen mordete — über mich. Kein weibisches Flehen um Mitleid soll die Gerechtigkeit hemmen; den Vater an die Tochter erinnern. Hier klag ich mich an, heisser als um Gnade fleh ich um Strafe, um Tod.

General. Liebe Sophie —

Sophie. Das ist meine Anklage; und wird sie hier nicht gehort, so wiederhohle ich sie, in der frommen Versammlung des Volks, daß der hohe Dom erbebe vom Geheul meiner Verzweiflung.

Louise. (die bisher in stummen Schmerz bey dem Grafen gestanden) Du wirst deinen Vater umbringen.

Sophie. That ichs nicht schon? — wird er das überleben? — wenn auf ihrem letzten Lager, der Gedanke sie erquicken soll, mich dort wieder zu finden — den Tod — den Tod —

General. Sophie! vermag der Gedanke nicht Linderung dir zu geben: daß ich, der ich nun nicht lange mehr da bin, daß ich dir alles vergebe? daß sie mir Trost ist im Leiden, die Hoffnung: daß diese Hand mein Auge schliessen wird.

Sophie. An dieser Hand raucht sein Blut — sie darf nicht schliessen, das Auge des frommen Mannes.

General. Sieh uns alle, leiden wir nicht mit dir? gib uns Gehör — hör auf zu schwärmen!

Sophie. Schwärmen? ich schwärme? — ich erzähle ja nur, wie es ist! wer ich bin. Kann eine Mörderinn kälter erzählen? — Mörderinn! wers dem Geschöpfe ansehen sollte! — Mörderinn!

Louise. Meine Sophie!

Sophie. Und daß mein Vater meine Seele nicht retten will — das ist entsetzlich! — Gut! gut!

noch eine Bitte — die gewährt mir — dann will ich alles, was ihr wollt — ich will ihn sehen.

Louise. Das fürchtete ich!] zugleich.
Graf. Grosser Gott!]

Sophie. Laßt mich hin!

General. Unglückliche! du darfst nicht.

Sophie. Auch nicht? Ich kann gar nichts nach eurem Sinne machen. Ich möcht' um mein Leben bitten, damit mirs verweigert würde. Graf, seyn sie mein Fürsprecher. Ich will ihnen meine Hand geben, ich will sie lieben.

General. (setzt sich) Führt sie fort! sie möchte mich sterben sehen.

Sophie. Ich hohle Glückseligkeit von seinem Abschied! Ich hohle Wahnsinn!

General. Führt sie fort.

Sophie. Rühret mich nicht an; ich bin gezeichnet zum Verderben vom väterlichen Fluche.

General. Ich segne dich. Gott gebe deiner Seele Frieden!

Sophie. (zwischen dem Grafen und Louisen) Einmal werd ich ihn doch noch sehen, im letzten Augenblicke, wird sein Geist neben meinem Bette stehn; er wird meine brechenden Augen aufreissen, das blutige Bild wird Kraft in jede Nerve, Licht in die Seele wieder verbreiten. Noch einmal werd ich erwachen, um in einem Athemzuge die ganze Gewalt der Verzweiflung und des Wahnsinns zu fühlen. Dann hin, dort hin, wo Alberts Mörderinn, die Vatermörderinn hingehört — wohin wollt ihr mich führen?

Graf. Auf ihr Zimmer, Liebe.

Sophie. Ich gehe mit dahin. Will mir alle Freuden zurück denken, die ich dort hatte; ich will mich täuschen, ich will froh seyn, jauchzen will ich, Schatten will ich umarmen, so theuer sollen sie mir seyn, wie jede Wirklichkeit; und wenn alles das nicht wirkt; so will ich mir den Abschied denken; wie er hingeführt wird, und betet für seine Mörderinn — ich will mir ihn denken, mit zerschmettertem Gehirn; bis ich wahnsinnig werde. — — Aber auf den Abend, wenn das Volk zu seiner Begräbnis wallt; dann raff ich mich auf; wer mich zurückhält; meine Verzweiflung über ihn in seinem letzten Kampfe. Wenn der Zug beginnt, die Todtenglocke ruft; der fromme Gesang anhebt, die Fackeln leuchten in düsterer Nacht; die schäumenden Rosse den schwarzen Leichenwagen langsam daher wälzen — dann stürz ich mich unter das Getümmel — an der Seite des Leichnams schrey ich das Zeter über mich; dann verwandle sich das stille Gemurmel des Volks in lautes Gebet für die arme Sünderinn! (mit dem Grafen und Louisen ab)

Vierter Auftritt.

Der General. Hernach Karl.

Der General. Das sind also meine Hoffnungen? Gestern noch stand ich da, blickte in die Zukunft, fröliche Bilder häuslichen Glücks lächelten mir entgegen. Ich war so froh, alle meine Hoffnungen in ihrer Blüte dem Aufkeimen so nahe zu finden — nun ist jede Blüte herabgerissen, zertreten — von meiner Tochter. Aber mein Unglück muß sich wenden; entweder ich erliege, und dann — ich habe mein Theil in der Welt getragen; oder, Gott thut Wunder an uns. Es muß sich wenden. Ich bin zu mürbe. Ich kann nicht mehr tragen. Gott, du weißts! ich kann nicht mehr!

(Karl kommt)

Karl. Ihro Excellenz, ein Soldat bittet dringend vorgelassen zu werden.

General. Ein andermal — Morgen!

(Karl geht ab. Kömmt gleich wieder)

Karl.

Karl. Er bittet nochmals flehentlich um die Gnade! —

General. Vielleicht ein Unglücklicher, wie ich. Er mag kommen. (Karl geht ab)

Fünfter Auftritt.

Der General. Ein Soldat.

Soldat. Ihro Excellenz geruhen zu vergeben, daß ich mit solchem Ungestümm auf die Gnade des Gehörs dringe — Die Ursache davon ist meine Entschuldigung.

General. Was begehrt ihr?

Soldat. Für mich nichts. Aber für einen würdigen Mann das; wodurch der Mensch sich Gott am gefälligsten macht; was ihr Excellenz so gern gewähren — aber, ich fürchte es voraus; mir nicht gewähren können — Gnade!

General. Für wen?

Soldat. Für den Mann; der vor drey Monathen mein Leben rettete.

General. Ist er der Unglückliche?

Soldat. Der bin ich — der Unglückliche bin ich.

General. Er geht mir nahe.

Soldat. Ihr Excellenz ist keine Hoffnung?

General. Keine!

Soldat. Ein Mann, der mich nicht kennt, rettet mein Leben. In wenig Augenblicken stirbt der Mann. Ich kann nichts thun, gar nichts für ihn. — Todesangst kenn ich, aber das, womit ich itzt ringe, ist stärker als Todesangst.

General. Er geht mir sehr nahe.

Soldat. Ich komme nicht, Ew. Excellenz an diese Handlung zu erinnern, sie vergißt sich von Niemand. Ich kenne die Gesetze. Ich weiß, daß Rettung unmöglich ist. Ich würde im Stillen gelitten, und Trost — von einer feindlichen Kugel gehoft haben. Aber der, der Vater eines jeden Soldaten, Freund jedes Unglücklichen ist, hätte denken können, ich habe diese Handlung vergessen — das hab ich nicht — ich halte diese Thränen nicht zurück, ich würde den beleidigen, dem die Thräne des Menschen um den Menschen so werth ist, wie eine gewonnene Schlacht.

General. Weine, mein Sohn. Jede dieser Thränen ist vor Gott eine Handlung —

Soldat. Ihr Excellenz, nun hab ich noch etwas für mich zu erflehen.

General. Rede.

Soldat. Nach dem Kriege — zur Gnade meinen Abschied.

General. Nein, mein Sohn, das kann ich nicht gewähren. Der Männer wie du, hat das Regiment zu wenig.

Soldat. Ich flehe um die höchste Gnade! Ich ward Soldat aus Leidenschaft für den Dienst. Ich schlug aus Hochachtung für das Metier es aus, auf eine andre Art als von unten auf zu dienen — Aber nun — ich bin verzagt — ich kann nicht mehr dienen. —

General. Es sey dir gewährt! aber dafür bitte Gott, daß er auch mich abruft.

Soldat. (im Abgehen) Wer vermocht ich nicht. (ab)

Sechs.

Sechster Auftritt.

General. (legt die Hand an den Kopf) Noch eine Stunde so, und mein Unglück ist ein Mährchen über das ich lache. — „Ich bin verzagt — ich kann nicht mehr dienen „ — das soll auch meine Entlassung bewirken. — Ich hab' ja heute Gäste geladen, zu meiner Tochter Hochzeit — sie sollen nicht ausbleiben. Sie können der Leiche meiner Tochter folgen. — Sie werden mirs nicht abschlagen. Das Schicksal hat ja nur ein Wort verändert, in der Ursache warum sie bat. — Die Braut ist todt! Ich bin General, ich bin Vater — mir gehört der Platz bey der Braut — lustig Alter! es geht zu Ende. (ab)

Siebenter Auftritt.

Gefängnis.

Der Baron. Ein Adjutant.

Baron. Der Graf bleibt lange, aber kommen wird er gewiß. Da ich nicht weiß, in welcher Fassung er seyn möchte, auch um mir die Schmerzen des Abschieds zu ersparen, — bitte ich, lassen sie nur das Zeichen mit der Glocke geben. Ich werde dem Grafen sagen, ich gienge noch zu einem Verhör, und dann gleich bey ihnen seyn. Wenn es geschehen ist, dann sagen sie ihm mit aller Behutsamkeit, mit aller Freundschaft die ihnen eigen ist, meine Stunde sey gekommen.

Adjutant. Gott mit ihnen — theurer, unglücklicher Mann! (ab)

Achter Auftritt.

Der Baron. Unglücklich? — Ich bin es wahrhaftig nicht. Je weniger mein Leben, mein Glück oder Unglück, meine Leidenschaften und Wünsche Verwickelung in das Interesse andrer hatten, um so mehr sahe ich alles um mich her in seiner Blöse. Was ich da sahe, das läßt mich nichts vermissen. Wie oft blendete mich der Schimmer eines fernen Gegenstandes; schnell eilte ich dann vorüber vor allem, was mich hätte anziehen sollen — was mir Kraft gegeben haben würde, meine Bahn zu vollenden. Ich eilte — und haschte oft nicht einmal — was des Blickes dahin nicht lohnte. — Mußte dann den Weg wieder zurück wandern, mit bitterer Reue das wieder zu erwerben, dem mein Leichtsinn vorüber geflohen war. Vergebene Anstrengung so nützlich zu seyn, wie ich es mit ganzem Herzen wollte. hintergangene Freundschaft, — unglückliche Liebe — wenn ich alles das zusammenhalte, mit den wenigen unverfälschten kraftvollen Augenblicken, welche heisses, ungemißbrauchtes Gefühl mir gewährte. — Ach Gott! ich hatte deren so wenige — wenn ich das zusammenhalte, warum sollte ich nicht mit ganzer Seele sagen: ich bin müde! — warum sollte ich nicht froh seyn, des gewissen, herrlichen Tages, der nach leichtem Schlaf meiner wartet? —

Neunter Auftritt.

Der Graf. Der Baron.

Baron. Ah! lieber Graf, mit ängstlicher Ungeduld sehnte ich mich nach ihnen!

Graf. Mein Herz war nicht abwesend von ihnen — auch, ich wäre eher da gewesen — —

Baron. Ich kann ihre Abhaltung denken — lieber

Graf — lassen sie uns alle traurige Geschäfte itzt gleich vollenden — hier ist mein Testament. Ich wiederhole meine Bitten — hier ist mein Dank und auch mein Abschied von ihnen. (Sie umarmen sich) — (Pause) — Die Geschichte der Unglücklichen meiner Art — hat mich von jeher so interessirt, daß ich mich oft in ihren Fall dachte. — Aber, Gott sey Dank! ich bin itzt ruhiger, als ich das je geglaubt hätte. Ich habe eine so gute Nacht gehabt, ich bin so heiter erwacht, als stünd ich mit der Hoffnung zu einem vierzigjährigen Leben auf. (zieht bey dieser Gelegenheit zufälligerweise ein Schnupftuch heraus) von Sophien! die Thränen des Abschieds sind darin geweint — Das soll meine Augen verbinden. — Doch, es möchte mich stöhren. Hier, Graf, mein Vermächtnis an sie. — Ich trenne mich ungern davon — aber was die Zubereitung, die Schrecken des Todes nicht vermöchten, möchte leicht das Schnupftuch vermögen. — Ich beschwöre sie, lieber Graf, bleiben sie in Fassung, ich bin ja ruhig.

Graf. Ich bin betrübt — betrübt, daß ich ihnen ihren letzten Tag noch verbittern muß.

Baron. Nein, Graf! wahrhaftig, das thun sie nicht. Ihre Gegenwart ist Stärkung für mich. Unterdrücken sie ihr Gefühl nicht. Es ist ein ruhmvolles Denkmal für mich. — Ich fühle mich werth in ihrem Schmerz, er erschüttert mich nicht.

Graf. Daß wir armen Geschöpfe auch den letzten Augenblick nicht sagen können, der Tod ist mein letzter Kampf.

Baron. Wohl mir, daß ichs kann! — daß ich hier alles vollendet habe — alles — das mein letzter Kampf für mich Sieg ist.

Graf. Also sind sie gefaßt?

Baron. Ich bins.

Graf. Gewiß?

Baron. Gewiß. O (Pause) ich habe Heimweh nach dem Tode.

Graf. Gut — wenn ist die Stunde ihres Todes?

Baron. Warum quälen sie sich selbst?

Graf. Ich muß sie wissen. Bey ihrer Freundschaft, ich muß sie wissen.

Baron. In etlichen Stunden, glaub ich. — Lassen sie uns das ärgste annehmen — sie wär in einer Viertelstunde —

Graf. Wenn das Wort, das ich spreche, ihr Tod wäre — wären sie gefaßt? —

Baron. Ja, bey Gott, das wär ich.

Graf. So dank ich Gott, wenn es nur noch eine Viertelstunde bis dahin ist — denn —, ich rede zu dem Christen, zu dem Manne, beydes mußten sie nie mehr seyn, als itzt — vor dieser Viertelstunde wartet ihrer eine schreckliche Prüfung —

Baron. Um Gotteswillen! was noch?

Zehnter Auftritt.

Vorige. Sophie. Der General.

Baron. (fällt, wie er sie erblickt, in die Arme des Grafen)

General. Du hasts gewollt —

Sophie. Fürchte dich nicht — ich will dir nur gute Nacht wünschen — sieh mich nur an; ich will auch wahrhaftig nicht weinen.

Baron. Weine, heule laut — nur nicht diese Ruhe — sie macht alles Mark zu Wasser gerinnen.

Sophie. Sprich doch mit mir.

Baron. Gott! führe mich von hier — ich flehe darum, wie der lebendig Begrabene der unter der Erde um Rettung brüllt.

Sophie. Segnen sie ihn, mein Vater, das wird ihn milder machen, gegen mich — Graf, geben sie acht auf mich, wenn sie eine Thräne sehn, in meinen Augen, dann ists Zeit, dann reissen sie mich fort.

General. (umarmt den Baron) Verzeihung — — Liebe — Segen —

Baron. Mein Vater —

General. Mein Sohn — (nach einer Pause) — jetzt gilts! männlich, und stark! Rede mit ihr. Ihre Ruhe ist nicht Wahnsinn, ist ein Opfer für dich. Zweymal schlug ich, um beyderwillen, ihre Bitte, dich zu sehen, ab. Sie bat zum drittenmal; Verweigerung wäre Tyranney gewesen. Rede mit ihr — wir müssen eilen — rede mit ihr.

Baron. (der sich faßt, geht zu Sophien) Sophie, ich weiß was du leidest; ich danke dir dafür. Wenn meine letzte Bitte dich rührt, — so erinnere dich, daß du mich gestern zweymal batest wegzugehen.

Sophie. (schluchzt laut)

Baron. Ich bitte dich, sey ruhig.

Sophie. (schnell und ohne Accent des Schmerzens) Ja, ja.

Baron. Der Zufall ist Schuld an meinem Verhängniß. Keins von uns beyden — Erinnere dich des, das wird dich vor Verzweiflung bewahren, weine um mich — Aber wenn mein Geist mit Wohlgefallen auf dich

dich herabschauen soll — weine im Stillen, — jede deiner Thränen raubt einen Tag von deines Vaters Leben — er hat nicht viel Tage mehr zu zählen — willst du das, meine Liebe?

Sophie. (einen bejahenden Laut des Schmerzens)

Baron. Zum Trost dafür sag ich dir, du wirsts nicht lange aushalten — du wirst mir bald folgen — dann sind wir glücklich.

Sophie. Das ist eine Weissagung, eine lindernde Weissagung.

Baron. Es ist Weissagung — Muth, Sophie — was sind einer Seele, wie die deinige die leichten Schauder der Trennung, gegen den gewaltigen Gedanken des Wiedersehens? (die Glocke schlägt stark aber nur einmal an)

Sophie. Was ist das — du wirst blaß — mein Vater — Albert — die Stunde ist da —

Baron. Noch nicht, Sophie!

Sophie. Ich fühle es, meine Seele will dir nach — die Frommen da oben warten deiner. Dein Vater, deine Mutter — Mutter ich mordete nicht deinen Sohn! (mit einem Geschrey der Verzweiflung sich an seinen Busen werfend) — Die Stunde ist da — dein Engel ruft — Vertritt mich, daß sie mich auch unter sich aufnehmen. (ohne Sinn) daß ich — — (an ihm hinunter sinkend) daß — (auf dem Boden, einen Laut des Schmerzens)

Baron. (Kniet an ihr nieder. Küßt sie. Steht auf, sieht sie starr an, wendet sich zum Grafen, der sich an eine Säule lehnt) Graf, wir nahmen schon Abschied!

Graf.

Graf. (Reicht ihm die Hand, ohne sich umzusehen) Auf kurze Zeit.

Baron. (kniet vor dem General nieder)

General. (der ihm die Hände auf den Kopf legt, segnet, aufhebt, umarmt, eine Zeitlang ansieht) Gute Nacht, mein Sohn!

Baron. (Geht langsam ab, ohne Sophien wieder anzusehen. Mitten auf dem Theater überfällt ihn ein Schauer, die Glocke schlägt zum zweitenmal) (ab)

[illegible]

www.ingramcontent.com/pod-product-compliance
Lightning Source LLC
Chambersburg PA
CBHW020045030726
47499CB00007B/2598
9783743652163